Joëlle Goron

Cette maison me rendra folle

J'AI LU

À Éric, évidemment. Avec tout mon amour.
Ainsi qu'à Arnaud, Zoé et Léonie.

« Ma maison... oui, il y a ma maison. Elle n'est pas prête. Mais ça n'a aucune importance. S'il le faut, je l'habite avec une lampe à pétrole, deux matelas et nos maillots de bain. C'est charmant, vous verrez. »

COLETTE, Guerrevieille, juillet 1926.

Le virus maison : ça s'attrape ou on naît avec ?

J'ai cinq ans. Et plein de questions dans la tête. Métaphysiques forcément. Je veux savoir pourquoi Jésus sur la croix porte une jupette, pourquoi les chiens qu'on aime vivent moins longtemps que nous et pourquoi on fait de la soupe au potiron et pas au Carambar.

Ce jour-là, j'enchaîne avec une interrogation qui me préoccupe beaucoup.

— Maman, qui c'est le chef ici ? C'est toi ou c'est papa ?

— Ça dépend pour quoi, répond maman. À la boutique, c'est moi, au fournil, c'est ton père.

Et elle croit que je vais me contenter de ça ? Tout en finissant de rogner méticuleusement un dernier bout d'ongle qui avait échappé à ma surveillance, j'insiste. Elle s'énerve, d'autant qu'un client vient d'entrer dans la boulangerie et qu'ici le client est roi. Je la suis derrière le comptoir.

Pour se débarrasser de moi, elle ajoute :

— En tout cas, quand tu es insolente avec tes questions, ton père et moi on est toujours d'accord.

Je hausse les épaules. Bien haut. Jusqu'aux oreilles. Ça agace beaucoup les parents, j'ai remarqué.

Elle ne comprend rien, cette femme-là. Ce n'est pas une raison pour se décourager.

— Dis maman, qui c'est qui décide de mettre la table au milieu et le buffet sur le côté ?

Réponse : « T'as rien à faire ? Tu n'as pas de devoirs ? » Normale, sa réaction. Qu'est-ce que c'est que cette histoire de buffet et de table ? Comme si ça avait une importance dans une maison où on se lève à cinq heures du matin et où on se couche à minuit ivre de fatigue.

Mais moi, j'ai cinq ans. Je veux qu'on réponde à ma question. Ma mère rend la monnaie à son client chéri.

— Mais si on veut changer les meubles de place ?

Franchement, je la fatigue.

— Ici on ne change pas les meubles de place. On n'a pas le temps de jouer à ça. On a autre chose à faire. On travaille.

— Et si moi je veux mettre les chaises ailleurs ?

— Ce qui est sûr, répond maman-la-boulangère, sur un ton qui m'invite fermement à déguerpir, c'est que toi tu ne décides de rien du tout. Tu feras ça quand tu seras chez toi.

Et toc.

Merci maman. J'ai trouvé ma vocation : être grande et avoir une maison.

Pour l'instant, il va me falloir être patiente mais c'est fou ce que l'enfance paraît longue à qui veut faire ce qui lui plaît.

Quand je serai grande, je changerai les meubles de place et je me débrouillerai pour trouver un mari qui jouera à ça avec moi. Voilà la scène primitive, comme disent les psychanalystes. Qui explique ma passion absolue, obstinée et imprudente pour les maisons.

Donc creusons au marteau-piqueur dans mon inconscient. Après tout, n'importe quel psychothérapeute ne parvient-il pas à dénicher des excuses au moindre petit voyou qui a dépecé sa grand-mère sous prétexte qu'elle lui a refusé le croûton de la baguette ? Je ne vois pas au nom de quoi on refuserait l'absolution à ma pathologie à moi qui plante ses racines dans un fournil.

Je m'explique. J'ai passé toute mon enfance dans une arrière-boutique de boulangerie-pâtisserie. Pour les étrangers à ce type de commerce, j'apporterai donc quelques précisions au décor dans lequel j'ai grandi.

Une arrière-boutique, comme son nom l'indique, c'est derrière la boutique. Et, si la boutique présente bien et brille de tous ses feux, l'arrière-boutique n'est que sa cousine glauque où on entasse et où on empile.

C'est moche, sombre et sinistre.

Et c'est là que petite fille, j'ai fait mes devoirs. Pris mes repas. Lu. Ou joué. Entre des grilles à gâteaux, des panetières, un vieux frigo, des seaux renversés pour s'asseoir dessus, une toile cirée trouée jetée sur des caisses en guise de table et un évier ébréché. Vous me direz, il y a pire.

Effectivement, quand mes copines de classe, l'estomac gargouillant de convoitise, franchissaient la porte de l'arrière-boutique, elles entraient au paradis. Circuler entre les étagères d'éclairs au chocolat, les bacs à glaces et les rangées de babas, en se goinfrant enfin de gâteaux à l'œil vous octroie un regard plus indulgent sur ce qui vous entoure.

Qu'est-ce qui ressemble plus à une image de livre d'enfants qu'une boutique de pâtissier ? Certes, le tableau est quasiment mythique et appétissant.

Elles, ce décor leur plaisait beaucoup. Ne manquait que le prince charmant en barboteuse et collant blanc. J'en connais qui sont devenues vendeuses en pâtisserie pour moins que ça.

Moi, en revanche, j'avais le spleen. Je voulais une maison comme mes copines. Avec une entrée, une salle à manger et un salon. Des appétits de petite-bourgeoise ? Ben oui.

Je voulais une vraie maison. Avec des tapis, des tableaux, des cendriers posés au bon endroit, une fenêtre qui s'ouvre dans le bon sens sur une belle vue, pas sur le fond d'un fournil. Non, je ne vais pas vous faire le coup du misérabilisme. N'empêche. À chacun sa madeleine. La mienne, cher Marcel, moi j'ai plutôt envie de la recracher.

De ce manque est sûrement née ma passion quasi névrotique. L'impression qu'il ne peut rien m'arriver de méchant ni de mauvais quand mes quatre murs ont été ou peints ou tapissés, en tout cas qu'ils sont faits pour me réjouir la vue.

Mais parlons de ce virus terrible, ce désir fou qui vous tenaille au point d'affirmer : « Un jour, j'aurai une maison. »

Il y en a qui en guérissent après avoir élevé des cabanes à base de couvertures et de caisses en carton, et d'autres qui développent cette maladie jusqu'à des âges normalement très raisonnables. Chez moi, les symptômes ont persévéré.

Oui, je l'avoue, je me suis toujours arrêtée net – alors que je n'ai absolument pas l'intention de déménager – devant les vitrines d'agences immobilières, avec l'espoir d'y dénicher quatre murs pour le prix d'un seul.

Oui, je l'avoue, quand j'ouvre un magazine, les pages sur lesquelles je me précipite d'abord sont celles de la fin pour saliver en décryptant les légendes des photos des : mais. pitt. prov. à retap. Vue. Idéal. Trav. à prévoir.

Oui, je l'avoue, à l'hôtel, je suis de ceux qui, bien avant de vider leurs valises, rampent sur la moquette pour admirer l'astucieux camouflage du siphon, font marcher les portes coulissantes pour voir si ça glisse, vérifient le lissé des joints de carrelage et étudient le circuit des interrupteurs.

Oui, je l'avoue, je fais partie de ces individus sournois qui louchent chez les gens quand la voie ferrée longe des immeubles. (De nuit, c'est encore mieux. Surtout s'ils ont eu la courtoisie de laisser leurs volets ouverts.)

Oui, je l'avoue, quand je regarde une pub à la télévision, je serais bien incapable de citer la marque du produit mais je remarque le volume et la couleur du loft derrière la dame toute nue qui mange son yaourt.

Oui, je l'avoue, j'ai visité les châteaux de la Loire, uniquement préoccupée par des réflexions du genre: « même aujourd'hui, ça serait impossible à chauffer » ou « avec un spot dirigé sur les voûtes, et une mezzanine tout autour, ça peut faire un truc sympa pour un couple sans enfant ».

Bref si, vous aussi, vous présentez tous ces symptômes, votre cas est clair: tout comme moi, vous êtes un(e) timbré(e) des maisons.

Votre passion est toxique.

Pour vous mais aussi pour vos proches. Parce que comme toutes les passions, cette fatale attirance provoque plus de sensations de manque que de bonheur.

Sans compter que l'amoureux de maisons est en perpétuel état d'adultère. Qu'au cours d'une promenade, il frôle du regard une masure inconnue et il est déjà prêt à toutes les infidélités. Tout comme l'homme à femmes qui – contrairement à ce qu'on pense – n'a pas pour unique cible la créature de rêve, l'amateur de maison porte un regard bienveillant sur des bicoques qu'un œil moins exercé ne distinguerait jamais.

Le fou de maisons ne fantasme pas uniquement sur les châteaux et autres folies du XVIIe. Présentez-lui une maison à l'allure ingrate, pour peu qu'elle affiche une fenêtre ronde, un petit escalier vermoulu ou un décrochement mural amusant, il la trouvera « intéressante ».

Un peu comme un monsieur à qui on soulignerait que sa dulcinée est moche, grosse et vieille et qui rétorquerait « Certes, mais elle a de très jolies oreilles. » En fait, ce n'est pas la maison elle-même qui intéresse l'amateur de maisons. Comme pour la pâte à crêpe, c'est ce qu'il en fera ensuite qui l'émeut. Offrez-la-lui toute neuve, finie dans ses moindres détails, il sera très embêté. Elle ne l'intéressera pas le moins du monde.

Il existe pourtant des gens à qui cette passion est totalement étrangère. Qui ne la comprennent pas. Des gens qui ne voient pas la nécessité – du moment qu'ils ont le confort – de se plonger dans des hésitations abyssales du type : blanc cassé, blanc pur ou coquille d'œuf sur les portes intérieures du placard de rangement de l'entrée ? Laquées, mates ou simplement satinées ?

Posez-les dans un nouvel appartement. Ils vont y ranger gentiment leurs meubles, se contentant des placards existants du moment que ça ferme, d'une prise de courant par pièce – même s'il faut ramper pour y brancher un sèche-cheveux – trouvant le tout très bienveillant une fois qu'ils ont accroché, à n'importe quelle tringle laissée par un locataire précédent étourdi, un rideau trop court.

Vous me direz, ce n'est pas qu'ils ne s'intéressent pas à leur maison, c'est qu'ils n'ont pas les moyens. Erreur. J'ai connu de superbes appartements qui se déglinguent, faute de soins. Où on se contente de traîner dans un coin du séjour un canapé flanqué d'un bouquet de glaïeuls empalés tout droit dans un vase. Tout juste si on a pris la peine d'ôter le Cellophane d'emballage. Des maisons hostiles, sinistres et fatiguées où personne ne s'est levé le derrière pour rajeunir d'un petit coup de blanc des murs comme épluchés par les générations successives.

Donc, et malheureusement pour moi, j'appartiens à la catégorie des malades de maisons. Je les aime. Je les aime à la folie.

Cependant, après avoir été plongée dans la consternation (parce que cette folie engendre un sentiment de frustration inéluctable, à moins que vous n'épousicz un rejeton Bouygues), je suis en mesure aujourd'hui de trouver des excuses à cette pathologie douteuse.

Certes, j'ai été influencée comme tout un chacun par le monde dans lequel je vis et je pourrais me contenter de vous assener un alibi très pratiqué aujourd'hui : « C'est la faute à la société, quoi. »

Voilà, un argument de poids, vous en conviendrez.

Oui, c'est la faute de tous ces magazines de décoration que la société de consommation m'inflige qui m'exhibent en photos des petits intérieurs somptueux, et m'acculent – dans des moments de fièvre confuse – à me demander au nom de quoi, dans une époque où tout le monde croit pouvoir être ministre, star ou champion de patinette, je n'aurais pas, moi aussi, le droit, de poser mon derrière dans une maison de rêve ?

Même si dans la plupart des cas, on m'invite à des rêveries absurdes. Jetez l'œil sur tel reportage. Avez-vous vraiment envie de vivre dans une « usine retapée » rien qu'en repeignant les canalisations en rose bonbon ou en faisant trôner au milieu du « loft » une varlope à lame rouillée montée en lampe design ? Pourquoi toutes ces maisons sans radiateurs ? (parce que trop laids à photographier) ; ces salles de bains aux dimensions de bains turcs, ces pseudo-cuisines où personne n'a jamais fait cuire un paquet de nouilles, ces chambres d'enfants où on n'écrase pas un Lego en allant du lit au bureau, ces lustres à bougies dans des maisons où « le maître de maison » (dixit les magazines) doit circuler à tâtons puisque jamais on ne voit une prise électrique encombrer un mur ?

Pourtant, le doigt rêveusement arrêté sur l'une de ces pages glacées qui embrasent mon imagination, j'en viens, dans une de mes crises les plus aiguës, à me dire qu'après tout, je pourrais me contenter de passer ma vie là, nichée au creux de ce canapé si doux (avec le plaid beige mousseux, négligemment jeté à côté sur un tabouret de Stark) à contempler la boiserie d'en face où sont accrochés mes éventuels ancêtres peints par Matisse.

L'éternité ne suffirait pas à me rassasier d'un tel bonheur. J'ai omis un détail capital sur la photo : sur le guéridon, le service à thé en argent 1930 et les tartines, au cas où j'aurais une petite faim. L'éternité c'est long pour de vrai.

Attraction fatale

Pendant des années, j'ai dû me contenter d'installer mes petites affaires dans des studios ou appartements de location, en colmatant désespérément mes frustrations par l'achat d'un coussin supposé métamorphoser une banquette en méridienne. J'avais bien des idées pour me créer un « chez-moi » qui me conviendrait mais il ne suffit pas de rêver pour entreprendre. Encore faut-il trouver les moyens de son action. Et honnêtement, à cette époque-là, je ne savais pas faire grand-chose de mes dix doigts. C'est tout juste si, un marteau à la main, je n'aurais pas entrepris de tricoter un cache-nez.

Reste le mariage qui – malgré sa mauvaise réputation – se révèle très constructeur. Comme chacun ne le sait pas, le mariage d'amour n'est que la rencontre de deux névroses qui se complètent et se nourrissent mutuellement.

Si vous présentez un cuisinier à une femme capable même de brûler une crème caramel mais en revanche d'une nature gourmande, vous obtenez un couple heureux. Lui, content de lui faire plaisir et elle, de se mettre à table.

Il est donc temps de tordre enfin le cou à une légende.

En effet, il n'y a aucun mérite à trouver le bon conjoint. Ce ne sont pas les qualités de part et d'autre qui font les belles histoires d'amour. Sûrement pas. Et c'est tant mieux. S'il suffisait d'être belle, intelligente et riche pour ne pas tomber sur un crétin tordu, ça se saurait.

Non, ce qui fait les plus belles histoires d'amour, c'est la rencontre quasi miraculeuse de deux dingues qui s'échangent leurs fantasmes, leurs obsessions, leurs manies et tout le reste haïssable pour n'importe quel autre partenaire.

Or, je suis tombée sur un homme dont le seul désir était de construire, d'arranger, d'embellir des maisons pour quelqu'un. Et ce quelqu'un, c'est moi. Youpi. Voilà donc l'histoire de deux fous amoureux des maisons. Une histoire d'amour et de totale déraison.

Nous allons donc commencer par le début parce que tout débute innocemment, si on peut dire.

Il était une fois deux cinglés qui se rencontrent et tombent amoureux.

La première fois que je vais chez Éric, pouf, j'ai un choc.

Je vous entends d'ici : normal, c'est le sexe. Certes. Pourtant, si dans nos appartements précédents et respectifs nous avons utilisé les mêmes couleurs, à savoir le marron et l'orange, reconnaissez que c'est bien un signe. (Gagné ! ce sont les années 1970.) Vous me direz que ça prouve seulement que nous ne sommes que les pauvres victimes d'une même mode.

Là, je vous arrête. Non seulement nous avions badigeonné nos murs de coloris identiques mais nous avions tous deux rêvé des mêmes aménagements. La différence ne tenait qu'à un détail : Éric les avait réalisés et moi, faute de courage, de savoir-faire et d'une scie sauteuse, je m'étais contentée de les imaginer.

Nous voilà fous d'amour et confrontés à un problème épineux : où allons-nous habiter ensemble ?

Allons-nous louer un appartement correct dans la seule intention, certes exaltante, d'y copuler frénétiquement et de simplement vivre à l'abri, ou allons-nous unir nos efforts dans l'installation utopique d'un endroit qui nous ressemble ?

Très vite, nous constatons que pratiquement pour le même prix qu'une location, à condition d'envisager de faire tout nous-mêmes, nous pouvons nous lancer dans l'achat à crédit d'une petite maison en banlieue parisienne.

Voilà, le germe est semé. Bonne route au virus.

En fait c'est un taudis. Un vrai. Une bâtisse dont personne ne veut. Qui est en vente depuis plus de trois ans. Un bâtiment – grand, certes – qui possède juste quatre murs pourris, et dont une seule pièce est habitable.

C'est ce qui nous est arrivé. Bref résumé de l'aventure : dix ans de travaux menés en fin de semaine par Éric : chauffage central, carrelages, ciment, électricité, on met des fenêtres à la place des portes et des portes à la place de rien, puisqu'on éventre les murs. Dix ans de vie quotidienne dans des pièces gagnées une à une sur le vide, la saleté et les courants d'air. Terre battue nappée de champignons et de moisissures dans certaines pièces mais en revanche un jardin presque entièrement bétonné servant de basse-cour aux précédents propriétaires. Le jeu consistant pour nous à réaliser le processus inverse : avoir un vrai sol sous nos tables et de l'herbe dans le jardin. Un pari assez gonflé qui convenait très bien à notre inconscience.

Dix ans au milieu des parpaings avec la visite ponctuelle des copains épouvantés par l'ampleur de l'œuvre à accomplir. Des copains à qui vous expliquez avec enthousiasme que là, il y aura une cheminée en marbre gris bleu, que vous y ajouterez – en décalé –, tu vois sur la gauche, un vase (le vase vous l'avez, manque plus que la cheminée et aussi le mur pour y accoler la cheminée, un détail).

Dix ans de soucis, de désespoirs, où lui, le constructeur-mari, vous assure que : dans six mois, chérie, pas d'impatience s'il te plaît, tu pourras tirer la chasse d'eau rien qu'en regardant un bouton (ah bon et alors ?) mais qu'il vaut mieux patienter plutôt que d'avoir un truc bâclé. (En attendant le miracle de l'eau courante, bonjour la bassine à verser dans la cuvette.)

Et c'est vrai que, une année poussant l'autre et moi poussant des brouettes de gravats, l'état des lieux a progressé. Mais comme l'humain n'est que de l'humain, nos fantasmes les plus têtus ont parfois pris des coups sur la tête. Il nous est arrivé d'attraper des déprimes au creux d'un hiver sans chauffage (et sans fenêtre). Dans mon « futur » bureau (qui est resté « futur » pendant sept ans) si je voulais taper sur mon ordinateur, j'avais tout intérêt, pour parer aux intempéries, à enfiler une cagoule et à me munir de mitaines.

En plus, franchement, j'avais mauvaise conscience à me plaindre. À l'heure du petit déjeuner, Éric m'enjoignait de constater tous les progrès tangibles qui transformaient notre clapier en un gentil petit home tout à fait vivable. N'avais-je pas la chance confondante de pouvoir me dégourdir les doigts dans la cuisine au-dessus du grille-pain, même si l'eau suintait le long des murs ?

Quelques années plus tard, c'est l'arrivée de Zoé, qui s'endurcit la couenne en traversant les pièces empaquetée dans trois couvertures. Elle aura la courtoisie de n'attraper des rhumes que lorsque son papa aura fini d'installer le chauffage central.

D'ailleurs, sa chambre à ravissantes rayures roses et blanches sera tout à fait terminée à l'instant précis où ce qui branche une ado de onze ans c'est une chambre techno équipée d'enceintes au plafond et d'armoires métalliques prévues normalement pour les vestiaires d'usine.

Mais il ne faudrait pas omettre aussi des souvenirs inoubliables. (Genre : ah la petite chambre de bonne quand on était fauché...)

Par exemple, la première nuit dans une chambre « hors d'eau ». J'explique à vous braves gens qui n'auriez pas croisé le « hors d'eau », mot que j'adore. (Après tout, Colette faisait bien une fixation sur « presbytère » et « hellébore ».) Le « hors d'eau », c'est le moment où une pièce d'habitation est reconnue comme légitimement close. À savoir quand vous pouvez vous coucher dans un lit sans prendre le risque de plonger dans une flaque d'eau. Ce qui sous-entend des fenêtres, une porte, et un toit. C'est tout. N'allez pas imaginer de plâtre sur les murs, ni de lustre à pampilles avec de l'électricité. Non, c'est brut de parpaings. « Minimaliste » si vous êtes branché. Sous-titré : la mouise, pour peu qu'il vous reste une once de lucidité.

Parce que visuellement, ça se traduit pour la chambre à coucher par un matelas posé directement sur la chape en béton, et une lampe de poche sur l'oreiller, faute d'électricité.

Cosy, non ? Eh bien, le jour où Éric et moi nous sommes allongés dans le lit (draps en satin beige quand même pour l'inauguration), la coupe de champagne à la main et qu'il a murmuré : « Tu te rends compte, chérie ? Nous allons dormir dans du hors d'eau », j'ai perçu, à son air extatique, toute la solennité du moment. Et compris la définition du mot « extase ».

Pour lui, le « hors d'eau » de cette pièce représentait six mois de travail. Des fondations creusées avec une pelle, du béton fait main (sans la moindre petite bétonneuse faute de sous). Tellement de béton que la chape d'une épaisseur de quinze centimètres aurait pu servir de piste d'atterrissage à un Boeing 747, m'a-t-il confirmé dans un grand élan de fierté. À cet instant d'ailleurs, franchement, je n'ai pas bien saisi pourquoi un Boeing 747 pouvait être amené à décoller de ma chambre mais bon, c'est une preuve ou pas ?

Voilà, vous avez là une idée du bonheur le plus absolu. Celui de la victoire gagnée sur les éléments (forcément déchaînés).

Cet homme, le mien, était heureux. Aussi heureux que l'escargot qui ne serait né qu'avec des cornes et qui découvrirait l'usage de la coquille.

Et puis un jour, enfin cette maison est finie. FINIE. Avec les rideaux, les fleurs, les placards, les prises électriques, où vous les imaginiez. Même la cheminée marbrée bleu est au rendez-vous. Vos amis s'extasient gentiment devant tant de pugnacité. Bizarre d'ailleurs, comme ils s'extasient.

« Ne me dis pas que c'est Éric qui a cousu les rideaux quand même », dit une des copines en retournant l'ourlet pour vérifier que ça ne tient pas avec des trombones. Non. Même qu'ils sont doublés.

Alors que vous venez de leur expliquer que l'homme héroïque qui partage votre vie a installé tous les radiateurs, carrelé partout, monté un toit, creusé une cave, un simple ourlet de rideaux porte la ferveur à son comble.

C'est un peu comme si vous précisiez, toute fière. que vous vivez avec un prix Nobel de physique et qu'on s'esbaudisse parce qu'il sait changer le plat du chat. L'admirateur est déroutant.

Parfois, on aimerait avoir des fans plus compétents.

À signaler tout de même que lorsque, au bout de douze ans, cette maison est terminée, il vous faut repeindre les pièces par lesquelles vous aviez entamé les travaux.

On pourrait se dire, arrivé à ce stade, que la vie est

belle, le projet abouti et qu'on va se contenter désormais d'en profiter. Erreur. C'est compter sans le destin. (Il faut bien que les éléments extérieurs s'en mêlent aussi, la volonté de l'homme parfois ne suffit pas.)

Bicoque vue mer

Donc, un beau jour où vous avez réussi à vous échapper de votre superbe havre de paix (qui aurait une petite tendance à vous sortir par les yeux à la longue), en vous promenant le long d'une plage normande comme dans un film de Lelouch, que découvrez-vous ? Une petite maison à colombages. Mignonne. Toute petite. Avec vue sur mer.

Phrase anodine lancée avec désinvolture par le conjoint :

— Si un jour j'avais une deuxième résidence, c'est une comme ça que je voudrais.

— Tiens donc, dit l'épouse éberluée. Une deuxième maison ?

— Non, il n'en est pas question, bien sûr, répond le conjoint d'un air sournois.

— D'ailleurs, elle est habitée, renchérit l'autre. Regarde, il y a des gens dedans.

Habitée, donc pas libre. Comme si prudemment, par sécurité, venait s'afficher un panneau : « Cette maison n'est pas à vendre, vous pouvez circuler tranquilles… »

Quinze jours passent. Nouveau week-end au même endroit. On se promène. Personne ne dit rien. On ne parle pas de maison. D'ailleurs on n'a pas de sous.

Expliquez-moi comment ces deux mêmes personnes raisonnables – alors qu'elles pourraient courir au ralenti en se tenant par la main sous la pluie comme dans *Un homme et une femme* ou visiter Honfleur, son port et ses crêpes – se retrouvent à franchir le seuil d'une agence immobilière, puis d'une autre, rien que pour voir ce qu'ils ont en magasin ?

Le jeu devient vite très très excitant. Il consiste à entrer et à demander l'air de rien : « Qu'auriez-vous à nous proposer dans la région comme petite maison normande face à la mer ? »

Rien. Ils n'ont rien. Ou c'est normand et ce n'est pas face à la mer. Ou c'est face à la mer et pas normand.

Ouf ! on a un peu l'impression d'échapper à un danger. Tout juste si nous ne ressortons pas des agences apaisés et libérés. Mais, je vous le répète, le destin existe, et il sait à quelle porte frapper.

Nous voici entrant dans la dernière agence du littoral. Il est dix-huit heures et des cinglés qui rêvent d'acheter une bicoque qu'ils ne peuvent pas se payer, ils en ont vu défiler toute la journée. Oui, ils ont bien une petite maison face à la mer à vendre mais elle est à Machin-sur-Mer. Machin-sur-Mer ?

Aussi faux-jetons l'un que l'autre, nous affichons une moue dégoûtée. On va aller la voir quand même, hein, chéri ? Après tout, il nous reste encore une heure avant de reprendre la route du dimanche soir et il pleut toujours.

Et que découvrons-nous ? Notre petite maison normande. Celle que nous avions déjà repérée. La mignonne, celle avec vue sur mer, colombages et tout. C'est pas un signe, ça ?

Nous pénétrons dans « Les Diablotins », c'est son nom. Oui, elle est « À VENDRE ».

Quasiment en lévitation, nous suivons l'homme de l'agence de pièce en pièce, adressant des sourires égarés à la famille de propriétaires qui est en train de terminer une partie de rami. Nous parcourons, comme envoûtés, deux chambres, trois chambres, une salle de bains ou pas ? Du plancher ? Peut-être. Avec la sale impression du mâle tétanisé qui se retrouve tout seul dans l'ascenseur face à Sharon Stone et qui ne sait plus où poser ses yeux.

Anesthésiés par le charme, nous ne repérons ni les radiateurs percés, ni les fils électriques qui pendent, ni les carreaux fendillés, ni les parquets aux lames disjointes. Rien. Nous ne posons pas une seule question.

En silence, nous remontons dans la voiture de l'agent immobilier qui doit se demander s'il trimballe un couple de méduses. Nous savons déjà que nous allons faire une folie. « Les Diablotins » seront à nous.

Le premier qui a besoin de respirer va ouvrir la bouche et parler. Lequel de nous deux a dit à l'autre : « On ne peut pas ne pas l'acheter, il y a trop de coïncidences » ? J'ai oublié. Ce que je sais, c'est que, dès le lendemain, nous faisons déjà des projets. La chambre sera crème. La salle de bains en carreaux blancs. Dans notre quasi-coma, on a eu les mêmes idées. C'est un signe. Un de plus.

« Les Diablotins » nous a occupés cinq ans. Cinq ans de travaux pendant week-ends et vacances. Le temps de changer les radiateurs, la chaudière. D'aménager la cuisine. D'abattre des murs, d'en reconstruire d'autres. De planter le jardin. De payer les traites. Le temps aussi de savoir que la mer, la nuit, face à une maison, peut faire peur et que ce n'est pas vrai qu'il pleut tout l'été en Normandie. Le temps de. De l'aimer. Et de la revendre. Parce qu'elle est finie. On n'est jamais retourné la voir. On aurait trop de chagrin.

Vous croyez que ça se soigne ? Non. La preuve.

Coup de foudre : ça se soigne ?

Printemps 1986. Cette année nous sommes en vacances pour une dizaine de jours à La Turbie, au-dessus de Monaco. Les deux premiers jours, c'est l'anesthésie totale. J'aime la chaleur, Éric aime les odeurs. L'air ne bouge pas, nous non plus. Les grillons grillonnent. J'entame la pile de livres que j'ai apportée. À l'ombre, Éric feuillette les guides gastronomiques de la région et me décrypte les mystères du pistou. La sérénité à Mururoa avant les essais atomiques.

Au troisième jour, Éric déclare qu'il aimerait voir là-bas plus loin. Là-bas, c'est la Côte.

Toute la journée, nous sillonnons la grande corniche, la petite, la moyenne. Nous cornichons assidûment. Le paysage est magnifique. La mer est turquoise, le ciel bleu marine et notre humeur vagabonde. Pas d'enfant dans le fond de la voiture rabâchant « C'est quand qu'on va se baigner ? » Le bonheur absolu.

Bien sûr, tout en cornichant, nos regards s'attardent sur les maisons. La Côte, vous me direz, ce n'est pourtant qu'un ramassis d'immeubles, plus immondes les uns que les autres. Pas faux. Mais on peut aussi regarder entre les immeubles. Et je vous jure qu'il reste encore au détour d'un virage ou d'une sortie de ville des maisons à faire rêver.

Parfois même, victimes d'un coup de foudre, nous nous arrêtons, l'air dégagé de ceux qui cherchent leur route, et nous restons cloués devant l'ocre d'une façade, un toit en céramique bleue ou une retombée de bignones en trompettes orangées.

Bien sûr, nous freinons devant les mas aux persiennes pervenche à demi relevées sur le front, à la manière d'un vieux monsieur qui aurait remonté ses lunettes. Bien sûr, nous faisons marche arrière pour un crépi rose crémeux aux aplats de pelle à tarte envahi d'une bougainvillée tentaculaire. Bien sûr nous calons devant les demeures basses et quasi bretonnes, au front bas et buté, la pierre en avant, accrocheuse et défensive, sans oublier celles que nous soupçonnons familiales, avec des portemanteaux où accrocher les chapeaux de paille. Bien sûr, nous râlons d'amour devant les villas 1930 aux terrasses ponctuées de pots en terre cuite et aux fenêtres embalconnées de blanc.

Nous aurions pu ainsi poursuivre le travelling jusqu'à Toulon. Le hic, c'est qu'après la traversée de Théoule, les maisons se font rares et comme nous ne sommes ni mauvais bougres ni complètement aveugles, nous découvrons tout un bout de côte à peine construit. L'Esterel, ça s'appelle. Là, le souffle coupé, nous nous arrêtons le long de la route en lacets surplombant les criques. Des roches rousses, qui scient à belles dents la mer bleu clair. Des rochers qui pointent leurs oreilles rouges. De l'autre côté de la corniche, ça sent le thym et la garrigue. Puis comme tout a une fin, de nouveau des maisons accrochées à flanc de colline.

Pas spécialement belles, les maisons, non. Mais avec une vue absolument unique sur la dernière avancée de l'Esterel. Nous voilà plantés devant le spectacle, comme les bons citoyens républicains que nous savons être surtout quand nous nous sentons frustrés : « Mais qui sont les privilégiés, les salauds qui ont le droit d'habiter un endroit pareil, avec une telle vue ? Sans compter que ça doit coûter des fortunes. »

Et juré, si un quart d'heure plus tard, nous entrons dans la première agence immobilière que nous voyons, ce n'est que dans le but douteux de vérifier que ce sont bien des voyous qui ont eu le droit de s'installer ici. Sûrement richissimes. En tout cas indécents.

En fait, notre curiosité n'est que la simple manifestation de notre jalousie et nous sommes dans la situation des gens qui visitent des appartements témoins, rien que pour conclure que c'est drôlement tarte à l'intérieur. Nous cherchons tout bêtement à nous faire du mal.

Donc nous entrons dans la première agence. C'est l'heure de la sieste et la vendeuse en caleçon bâille, bien décidée, peuchère, à ne pas décarrer ses fesses du ventilateur habilement dissimulé sous son bureau.

La bouche pendante de dégoût, elle consent à articuler que là-haut sur la colline, c'est un lotissement un point c'est tout, et qu'il n'y a rien à voir, circulez. Gentiment, nous insistons. Affirmons que nous aimerions visiter une maison, ou un terrain. Effet nul. Nous ne sommes pourtant pas vêtus de haillons mais l'étiquette « fauchés » doit clignoter sur notre front. Renfrognée, elle ajoute que ce n'est pas la peine, qu'il reste deux misérables terrains raides comme des toboggans et qu'il faudrait être le « ravi » de la crèche pour vouloir y faire accéder une brouette et un maçon. Contaminés par l'enthousiasme de la dame, nous l'abandonnons à son ventilateur.

À la sortie, sur le trottoir, mon homme que rien ne peut abattre déclare d'un air solennel, comme s'il émergeait d'une réflexion entamée depuis des années : « De toute façon, l'idéal c'est de la construire, sa baraque. »

J'approuve. Pauvre innocente. Je n'ai pas l'impression de prendre le moindre engagement. Après tout, on est en vacances, et les vacances c'est aussi le moment de dire n'importe quoi.

Pour développer sa thèse, il m'installe à une terrasse, devant des beignets et un citron pressé bien frais. Et il enchaîne: « Retaper une maison, mouais, c'est amusant. Je le sais, je l'ai déjà fait mais avoue que construire, c'est quand même mieux. »

Comme je suis d'un naturel assez distrait, je pense que ce monsieur parle en l'air. Pour faire la conversation. Pas du tout. Cet homme est arrivé à une conclusion. Il a pesé les pour et les contre. Les pour et les contre de quoi ?

C'est clair, nous avons déjà retapé deux maisons, pourquoi ne pas en construire une pour de vrai ?

— Mais où ? fait l'épouse en se dévissant la tête, déjà inquiète.

— Mais ici, dans cette région qui me paraît tout à fait épatante, dit l'homme enchanté de lui-même.

— Pourquoi construire alors qu'il serait si simple d'entrer dans un endroit convenable ?

Et l'époux d'ajouter, au cas où je ne serais pas convaincue par la démonstration :

— On peut adopter des enfants. Des tout prêts déjà faits. Mais on peut aussi en faire soi-même. Nous avons déjà fait et élevé des enfants ensemble, nous allons faire une maison. C'est pas de l'amour ça ?

Sûr Bill.

— Rappelons également, poursuit l'homme, que nous nous retrouverons exactement avec la maison qui nous convient puisqu'elle sera construite par nous-mêmes à l'endroit que nous aurons choisi. (La courtoisie lui fait prudemment dire « nous ».) Nous mettrons le temps qu'il faudra pour la construire selon les moyens que nous aurons. (Et surtout, surtout, il va la bâtir lui-même. Oui et moi, pendant qu'il sera à l'ouvrage je vais me tricoter un vison, promis.)

Je n'y aurais pas pensé, bêtassonne que je suis.

— Ben oui, dit l'épouse toujours éberluée. Pourquoi pas ? On ne contrarie pas un homme en lévitation (il peut tomber et se casser en deux et il reste encore quelques menus bricolages dans la résidence principale, genre une chaudière à changer).

J'ose poser simplement une question :

— Où allons-nous construire cette maison ?

— Sur un terrain, mon amour. Que nous allons trouver cette semaine. Dans ce coin-là, précisément.

L'homme règle l'addition et se lève, plein d'entrain. Troublée par tant de détermination spontanée, je le suis jusqu'à la voiture. Et comme la blonde en caleçon a refusé de nous montrer son patrimoine là-haut sur la colline, mon héros décide qu'il faut jeter un coup d'œil à l'intérieur des terres, car comme chacun sait, la Côte d'Azur, c'est de la merde. Jugement définitif porté par ceux qui se sont installés dans le Luberon.

C'est ainsi qu'en une semaine, nous allons avaler des centaines de kilomètres avec la sensation de vivre dans un film en accéléré.

Le jeu consiste d'abord à rayer des propositions.

Non aux terrains plats (pratiques à construire mais sans vue intéressante, sauf celle sur le barbecue des voisins.)

Non à ceux perdus dans la colline. (Ta fille, tu te débrouilleras pour lui trouver des copains où ?)

Non à ceux les pieds dans l'eau. (Tu as vu le prix ?)

Non à ceux de bord de mer (de l'autre côté de la route entre les marchands de bouées et les caravanes à pizzas).

Non à ceux qui ne sont pas viabilisés. (Tu fais venir l'eau quand, comment et en quelle année ?)

Non à ceux accoudés à un camping.

Non à ceux coincés entre deux immeubles.

Non à ceux trop petits. (Tu veux un *pool-house* ou une vraie maison ?)

Non à ceux trop grands. (Tu veux finir en garde-chasse ?)

Ce qui ne nous empêchera pas d'avoir un enthousiasme sincère pour chaque belle vue, chaque bout de terrain, et régulièrement des coups de foudre totalement injustifiés. Avec le recul, je reste persuadée qu'une vendeuse un peu motivée (et pas trop écrasée par la chaleur) aurait pu nous revendre une plate-forme pétrolière à laquelle nous nous serions empressés de trouver du charme.

Pourtant seuls trois terrains retinrent notre attention.

Le premier terrain était situé aux Adrets où nous sommes revenus trois fois. À chaque visite, le prix augmentait : la vendeuse avait décelé notre état de fièvre devant la vue boisée avec dans le fond, là-bas, quand il fait clair, la mer.

En fait, avouons-le, ce qui nous séduisait surtout dans ce terrain-là, c'était le voisin. Ou, plus exactement, sa fougue. Nous avions tout de suite remarqué le petit bonhomme qui, quelle que soit l'heure, empilait des parpaings, bétonnait et creusait des tranchées. En salopette, les mains larges comme des battoirs, tout au milieu d'une carcasse trouée de partout et hérissée de fers à béton, il semblait mener une activité folle. Comme je m'étonnais de le voir enfin posé sur une chaise, tel le petit prince au bord de sa planète, il nous fit signe d'entrer et de le rejoindre. Sûr qu'il avait envie de parler. Tout fier, il nous proposa de visiter son chantier. Au milieu des gravats, des madriers et des parpaings entassés, trônait une chaise paillée. Et là, il fit une démonstration qui, faute d'être persuasive, pesait son comptant d'émotion.

« Regardez, madame (d'instinct, Petit Bonhomme a vu que j'étais la personne à convaincre, que l'homme à mes côtés, était un sympathisant). Regardez, madame, une fois ma maison finie, mon canapé, il sera là, à la place de la chaise. C'est l'endroit idéal, à un centimètre près. C'est ce qu'on appelle un endroit stratégique. Un canapé en cuir. Jaune, elle a dit ma femme. Tournez la tête, là à travers la fenêtre, il y a la mer. (J'obéis et moi je ne vois ni la fenêtre, ni la mer, je vois plus simplement du brouillard à travers un trou entre deux parpaings.) Tournez maintenant la tête de l'autre côté, et là, vous avez la montagne. (C'est drôle, il ne me fait pas tourner la tête vers l'autoroute qui ronronne là juste en dessous.)

« Voilà, pourquoi je construis ma maison. Moi tout seul. Voilà pourquoi j'ai ce courage et que rien ne m'en fera démordre. Parce que je sais que mon canapé, il sera exactement à cette place. Les murs, je les mets où ça me chante. Je suis le maître des lieux. Et quand je suis sur ma chaise, je suis le roi, madame. »

Cet homme venait là tous les week-ends et le soir après son travail. Depuis cinq ans. Tout seul. « Ma femme ne veut pas savoir. Elle n'y mettra les pieds que lorsque tout sera fini. En fait, elle n'y croit pas. »

Petit Bonhomme nous aurait plu comme voisin.

Détail : l'année dernière, nous sommes retournés à cet endroit. La maison n'a toujours pas de toit. Une bâche se soulève quand le mistral fait des siennes, la petite chaise est renversée sur un tas de sable au milieu de l'ex-futur salon. Petit Bonhomme est mort. Sa femme et ses enfants ont mis en vente la maison où le vent joue aux quatre coins. Bizarre, la chaise est restée.

Mais continuons la route.

Le lendemain est un autre jour. Fayence. Un joli village perché. Le marché sur la place tout en couleurs Souleïado. La boulangère qui appelle son chat Pitchoun, les hommes aux terrasses qui jouent aux dominos. Une vraie carte postale pour mordus de la Provence.

Le terrain ? De la terre en huit restanques, qui n'ont pas vu une bêche depuis le début du siècle, des oliviers à chaque coin de pierre et une vue, ah ! une vue, tiens ! un Bellini avec trois cyprès, épaules accrochées les unes aux autres, le berger, les chèvres, et même le bruit des clochettes. Tout juste si on n'entend pas Raimu appeler la Pomponnette du fond du vallon.

Le drame, c'est que nous sommes d'une légèreté sentimentale affligeante. À peine sommes-nous attirés par un lieu que déjà nous nous laissons corrompre par le suivant. Et nous quittons Fayence exaltés.

Pourtant, il n'y a pas de quoi : le propriétaire du terrain vit en Belgique et reste injoignable, l'électricité et l'eau ne sont pas prévues avant le siècle prochain. Et alors ? Qu'est-ce qui pourrait nous arrêter ? Rien. Sinon un coup de foudre pour le terrain suivant.

Parce qu'obstinés comme nous sommes, nous repassons par l'Esterel. La fille au caleçon, c'est décidé, nous allons la forcer à nous montrer son fichu terrain en pente, dussions-nous la kidnapper avec son ventilateur.

Ce matin-là, l'humeur à l'agence est plus conviviale. Nous dérangeons moins que la première fois. Et avec l'accent, son avertissement passe presque pour une galéjade : « Vous êtes des têtus, je vous reconnais. Bien sûr que je vais vous emmener faire la balade, là-haut. Mais ne venez pas m'escagasser après parce que vous aurez l'impression d'avoir perdu votre temps. Je vous ai prévenus. Le terrain est trop pentu même s'il n'est pas cher. Puisque vous me semblez sympathiques, moi à votre place, je ne la ferais pas cette couillonnade. »

Nous grimpons sur la colline. Les maisons sont moches, genre petits mas plutôt mal entretenus. Elle nous explique que ce sont les premières construites dans le lotissement.

La route continue de grimper et plus nous grimpons plus nous sommes saisis par le spectacle. Le Colorado qui plonge dans la mer.

Au détour d'un lacet, voilà le terrain à vendre. La blonde au caleçon n'a pas menti. Elle n'a même pas exagéré : on dirait une piste noire où, à moins de suspendre la maison, on ne voit pas bien comment envisager de la faire tenir debout.

« Je vous avais prévenus, dit-elle, à votre place je penserais plutôt y installer une montgolfière... »

Nous remontons dans la voiture, un peu dégrisés.

Le deuxième terrain, au lacet suivant, offre une piste rouge. Recouverte de mimosas. Et de quelques poubelles déversées là par des citoyens un peu désinvoltes.

En silence, nous arpentons, non, nous crapahutons sur la piste rouge. Piolets et chaussures à crampons seraient les bienvenus.

La vue est incroyable. Mais qui pourrait sérieusement entreprendre de construire une maison sur un terrain aussi accueillant à moins d'avoir envie de se recycler en gardien de phare ?

Nous. Nous tétanisés, amoureux fous de cette montagne rouge mordant de toutes ses dents le bleu de la mer.

Nous remontons dans la voiture. La fille en caleçon pressent qu'elle se trouve face à un envoûtement bizarre. (Et surtout qu'elle va probablement toucher une commission.)

Quand nous reprenons l'avion pour Paris, Éric déclare en soupirant que l'idéal serait d'avoir les trois terrains. Celui situé à Fayence (pour quand il y aurait tous les cons sur la Côte), celui aux Adrets et celui sur l'Esterel au-dessus de la mer (pour quand tous les cons sont dans le Luberon).

De vrais sales gosses devant les vitrines de Noël, prêts à abandonner leur Babar pour la locomotive à côté, puis hurlant d'excitation en découvrant un sac de billes...

Trois mois passent.

Nous revenons en groupe pour le choix définitif, avec les grands enfants qui s'endorment dans la voiture entre chaque visite de terrain parce qu'ils ont eu une fête la veille et qu'ils nous font la grâce de vérifier que les parents ne vont pas installer leur baraque dans un coin pourri. Quant à la petite, pas question de descendre de la voiture. Elle est en plongée dans *Le Mystère de la Chambre jaune*[1], et c'est vachement bien. Et de toute façon, il n'y a qu'un truc qui la fait rêver : le camping.

C'est ainsi que nous nous déciderons pour la piste rouge, en fait, le premier coup de foudre. Pourquoi ? À cause de la vue. Ce qui se révèle un exemple parfait du paradoxe humain. Vous découvrez un beau paysage, et vous rêvez de vous l'approprier parce qu'il n'y a pas de maison autour. Vous n'avez qu'une envie : le gâcher avec la vôtre. C'est le même problème avec la tour Eiffel. Le seul endroit où elle ne gêne pas, c'est quand on est dessus.

Durant cinq ans, nous allons revenir sur ce terrain en toutes saisons avec des sandwiches pour ne surtout pas perdre une minute. Pour rêver. Pour faire du repérage. Pour mesurer les ombres portées. Pour filmer chaque motte de terre et chaque caillasse. Avec l'idée très floue que nous avons encore quelques années devant nous pour réfléchir à cette fichue baraque. (Et surtout trouver les sous.) Nous en avons profité pour rencontrer nos voisins, qui venaient en curieux découvrir la tête des propriétaires cinglés de la piste rouge. On a papoté et découvert tous les avantages du coin.

J'ai appris ainsi qu'en se levant à cinq heures du matin, on peut apercevoir la Corse. Tous les passants me l'ont répété. Plus tard, les plus valeureux m'ont même assurée être arrivés à la prendre en photo. Qu'elle s'est parfois laissé faire. Une île au caractère si difficile.

---

1. Gaston Leroux, J'ai lu n°6799.

Puis, en cachette, on a visité les maisons en construction malgré la pancarte « chantier interdit ». Et mon homme, ce citoyen scrupuleux qui jamais de sa vie ne s'est garé sur un passage clouté et qui freine au vert parce qu'on ne sait jamais, enjamba les barrières pour plonger dans le ventre des bâtisses. Histoire de se rassurer, de se persuader qu'on n'avait pas fait une mauvaise affaire et que si les autres étaient arrivés à monter des murs, il n'y avait pas de raison qu'on ne réussisse pas à en faire autant.

À discuter ainsi avec les uns et les autres, on a pu constater qu'on n'était pas les seuls à entretenir avec une obsession exaltée le désir de construire quatre murs et un toit. Que des gens qui veulent construire, et même seulement « retaper », il y en a plein. Mais qu'en aucun cas, il ne faut en attendre rien que du bonheur. Et surtout ne pas l'entreprendre dans un esprit de profit financier.

« Avoir du bien donne bien du mal », disait ma grand-mère qui possédait un bon sens pénétrant. Non seulement il faut créer ce bien mais encore faut-il l'entretenir, et se débrouiller pour qu'on ne vous le vole pas, qu'on ne le dégrade pas, qu'on ne le brûle pas et qu'on ne l'inonde pas. (Et la nature est parfois encore plus féroce que l'humain.)

Il n'empêche – malgré tous ces inconvénients – que l'expression « Nous faisons construire », est quasiment une déclaration d'amour qui se prononce la bouche en cœur. L'air confiant dans l'avenir.

Ceux qui le prononcent ainsi en sont au stade de l'intention. Reprenez les mêmes quelques mois plus tard et leur « on a fait construire » est nettement plus désappointé. Il y a de quoi.

En fait, si un jour, l'envie téméraire vous prenait d'en faire autant, sachez seulement avec lucidité qu'il n'existe que trois options :

• Vous êtes millionnaire. Et vous vous fichez des devis, vous n'avez pas besoin de chipoter sur trois francs.

• Vous êtes sous antidépresseurs, donc absent de la dure réalité. Et c'est tant mieux. (Quand vous découvrirez, par exemple, que le menuisier vous a bien construit un escalier mais qu'il n'a pas prévu de palier.)

• Vous êtes un véritable allumé que rien ne saurait détourner de ses objectifs. La preuve. Même Le Corbusier, qui n'était pas la moitié d'un architecte, s'est fait surnommer par ses voisins les plus proches « le fada ».

D'ailleurs, à propos de nom de baptême, il n'est qu'à déchiffrer les plaques affichées sur les maisons pour se faire une idée de leurs propriétaires, leurs rêves et leurs obsessions :

Les noms qui ont à voir avec le couple (ou les insurrections dans le couple à propos de la maison). Exemples : « Mon Désir » « Notre Éden » « Jean et Marinette » « Ma Jeanne »…

Les noms qui transpirent les déceptions traversées : « La galère », « Mon beau souci »…

Nous, malgré tous nos efforts nous n'avons jamais trouvé de nom à notre maison. Et dès le début, quand les gens du coin parlaient de notre maison, ils l'ont baptisée tout simplement « La Maison du Fou ». C'est dire…

Maisons en prêt-à-habiter

Trois années passent. Nous nous rendons régulièrement sur le terrain du Midi, avec toujours le même plaisir mais il nous faut passer à l'action.

« Si nous attendons d'être riches pour prendre la décision de construire, nous n'aurons jamais de maison », déclare Éric avec le curieux bon sens qui le caractérise dès qu'il s'agit de sa passion. Voilà une analyse qui vaut ce qu'elle vaut. Sans compter qu'une fois écoulés les cinq ans après l'acquisition du terrain, il faut ouvrir le chantier, faute de quoi vous vous retrouvez à payer une TVA en plus. « Pourquoi ne pas procéder dans l'ordre ? » propose-t-il alors, intrépide. À savoir déterminer quelle sorte de maison mérite que nous fassions une croix sur notre tranquillité.

Avant de nous lancer dans une vraie construction, et surtout, avouons-le, parce que ça nous excite, nous décidons de visiter des maisons vendues clés en mains. Bien entendu, de mon côté, j'ai depuis des mois amassé une copieuse documentation en découpant des publicités dans les magazines de décoration. Que des maisons ravissantes, qu'elles soient dessinées ou photographiées. Honnêtement, la réalité va se révéler beaucoup moins séduisante : en échange de la somme que nous pouvons investir, notre choix se réduit à des pseudo-mas provençaux, des faux chalets suisses ou du toc basque.

Si vous voulez en savoir plus, si des doutes vous tourmentent, si les insomnies rongent de plus en plus vos nuits, faites comme nous, offrez-vous une récréation. Chauffage au gaz ? Électrique ? Évier inox ou creusé directement dans la pierre ? Cuisine fermée ? À l'américaine ? Vos petits magazines de déco ne vous suffisent plus ? Vous ne savez plus quoi faire le samedi ? Pousser votre chariot dans les allées de super-truc n'égaye plus vos week-ends ? C'est simple, ça ne coûte rien, c'est ouvert à tout le monde ; comme vos contemporains en mal de propriété, goûtez aux joies de « la maison témoin ».

Vous avez forcément pas très loin de chez vous l'un de ces terrains (« Domaine des Prés Jolis » ou « Le Clos du Vieil Atrium ») sur lesquels va bientôt pousser un tas de maisons et même – et surtout – si vous n'envisagez pas une seule seconde de vous y installer un jour, allez y faire un tour pour comparer, confronter vos fantasmes à la réalité et, par la même occasion, faire un check-up de votre couple.

Votre homme va s'arrêter un bon quart d'heure devant une serrure trois points ; quant à vous, dès que vous pénétrez dans le séjour, vous vous demanderez avec angoisse si vous garderiez les rideaux en shantung ou si vous les remplaceriez tout de suite par des stores bateau. Histoire de constater le grand écart fondamental entre vos objectifs respectifs les plus intimes.

D'autant que vous n'êtes pas obligés d'acheter. Même si un vendeur se scotche à vos baskets de pièce en pièce, espérant vous faire signer un bon de commande, vous êtes à l'abri de toute tentation puisque vous êtes vraiment fauchés. De toute façon, sachez que le jeu est simple. Tout le monde en connaît les règles : le client supposé et le vendeur le moins confirmé. On vient ici pour jeter un coup d'œil, comparer, se rassurer, voire se dégoûter (on n'a pas l'argent, c'est sûr, mais c'est tellement moche que ça tombe bien).

À votre allure le vendeur voit bien qu'il n'y a rien à espérer de gens aussi tartes (vous portez la misère dans votre accoutrement). Son flair et son expérience l'ont habitué à ce type de clientèle qui s'ennuie le dimanche et qui ne vient là que pour tordre du nez sur les aménagements proposés. De la même manière que les brocanteurs reconnaissent parfaitement le flâneur sans porte-monnaie qui freine devant une commode, demande le prix et s'éloigne rasséréné, en marmonnant à son conjoint : « Ta mère a la même dans son grenier et on a refusé de la prendre, elle est bancale comme celle-là. »

Alors pourquoi visiter des maisons témoins ?

1°) pour se donner des idées :

« Tiens, le vide-ordures qui atterrit directement dans une poubelle au sous-sol, à retenir. »

Idem pour le sol en ciment teinté et ciré pas cher à réaliser et qui fait « tendance ».

2°) pour critiquer :

« Vu l'épaisseur, c'est plus des cloisons, c'est des rideaux. »

« Les chambres d'un mètre sur trois, on a l'impression de ranger les enfants dans le département congélo. »

3°) pour comparer avec une certaine mauvaise foi :

« C'est peut-être plus grand que chez nous mais ça ressemble à la cabane des petits cochons quand le loup va souffler sur le toit. »

« Je préfère rien plutôt que ça. » (Menteuse !)

4°) pour voir ce qu'on fait de nouveau dans les matériaux :

« Regarde la couleur des joints, tiens, c'est sympa, je n'y aurais pas pensé. »

« Des interrupteurs qui allument la hi-fi, les lampes et le thermostat en même temps, c'est bien, non ? » Réponse de l'épouse : « Ça n'épluche pas les pommes de terre aussi ? »

5°) pour rêver (deux minutes) :

« Ça doit quand même être génial d'aménager dans une maison toute prête. »

6°) pour se remonter le moral définitivement :

« C'est peut-être tout prêt fini mais même avec leur choix de trois moquettes et de cinq peintures, j'aurais jamais choisi ça. »

7°) pour bien vous dégoûter.

Mais passons du virtuel à la vraie visite. Je vous promets un bon dimanche.

Ce jour-là, il pleut (tant mieux). Tout le lotissement baigne dans la boue, alors que sur les dépliants publicitaires, de belles blondes en catogan poussent des bébés espiègles dans des poussettes par-delà de riants gazons.

Non, les abords de la maison ne ressembleront jamais à ce tableautin idyllique mais plutôt au marécage que vous venez de traverser, le promoteur ayant fait faillite avant d'avoir semé le gazon et les pâquerettes qui vont avec.

Vous vous baissez, comptez les prises électriques d'un air dégagé et souverain. (« Deux seulement par pièce ? Chéri, faudra que tu m'en rajoutes. »)

Les enfants en profitent pour jouer sur les canapés avec leurs chaussures (chez vous, ils n'ont pas le droit), d'un air dégoûté vous constatez le manque de placards alors que dans votre propre appartement vous ne disposez que de trois étagères squattées par quatre personnes mais bon, de temps en temps ça vous retape le moral de prendre un air méprisant sur les biens des autres.

Vous sortez votre calculette, examinez les prix, vous cherchez la petite bête et le dimanche soir est vite arrivé.

Reste plus qu'à vous coucher avec des idées de maisons plein la tête. Surtout que la semaine prochaine, vous recommencerez. Je précise que cette activité se révèle tout aussi excitante sur les lieux de vacances quand le temps est à l'orage. Tout de même plus divertissant que la partie de crapette dans le fond d'une crêperie enfumée.

Sur place, Éric passe donc tout en revue, donnant des coups de poing dans les murs, se met à quatre pattes pour vérifier une conduite électrique, et à l'aide de ses bras (envergure : deux mètres vingt) constate l'exiguïté des chambres. Critique à laquelle le vendeur, un brin agacé, rétorque : « On ne fait qu'y dormir. »

« On n'est pas obligé pour autant d'avoir envie de se coucher plié dans un placard », répond courageusement mon homme que je n'ai jamais vu manifester autant d'à-propos face à un vendeur. Lui à qui une vendeuse peut refourguer n'importe quel cadeau au moment de Noël, montre dans ce cadre un aplomb inattendu.

Et quand, après la visite de la maison témoin, d'un air navré, il me demande mon impression, je me range hypocritement à son avis.

En fait, honnêtement, je suis plutôt séduite. Parce que, saisie par le doute, il m'arrive de flancher et d'avoir des coups de blues. L'immensité de la tâche à accomplir me panique. Et emménager dans un lieu propre et fini (même moche) me rassurerait beaucoup. Après avoir traversé les obstacles de deux maisons à « retaper », l'idée de camper quelques années encore au milieu des gravats m'angoisse carrément.

Éric, percevant mes réticences, n'hésite pas. Tous les arguments sont bons : « Franchement, tu te vois avec des pieds palmés de canard en frise tout autour de ta cuisine et des colombines en crinoline mauve valsant au-dessus de ta baignoire ? »

Je hausse les épaules, l'air dégagé. Sûrement pas, mon amour.

Pourtant, honnêtement, à ce moment précis, moi je m'y vois bien dans cette cuisine. Même avec des canards décapités se poursuivant inlassablement au-dessus de mon évier. Oui, du moment que la cuisine est comme chez tout le monde équipée de robinets, de placards et d'un évier. Suis-je un monstre ? Une princesse capricieuse pervertie par le luxe ?

Nous remontons dans la voiture, et je rumine en silence sur l'injustice de mon sort. Je me suis mariée avec un dingue. Un obsédé. Un ingrat en plus. Qui ne mesure même pas quelle femme merveilleuse il a épousée. Je pense à des copines complètement perturbées quand des peintres pendant une semaine refont leur séjour. Moi qui ai toujours rêvé de m'éveiller un beau matin au milieu d'une chorégraphie (comme dans les films de Jacques Demy) de trente joyeux ouvriers en salopette rose qui finiraient en un tournemain les chantiers dans lesquels j'ai vécu.

Mais l'homme est obstiné. Voire fourbe. De maison témoin en maison témoin, il ne m'a montré que les désavantages. Trop chères. Maçonnerie bâclée. Sans compter, ajoute-t-il, d'un air innocent, qu'aucune de ces constructions n'est prévue pour tenir en équilibre sur notre piste rouge. Même sur pilotis.

Nous décidons donc, en toute logique apparente, que nous n'avons pas d'autre solution que « faire construire ».

Ce que je n'ai pas prévu, c'est qu'Éric a déjà une idée en tête. Bien précise. Mais il doit estimer que je ne suis pas encore arrivée à la maturité requise.

Construire, dit-il

Faire construire. Le grand mot est lâché. Avec un vrai architecte, un homme qui sait visualiser une maison. Qui a un savoir. De l'imagination. Un qui saura concilier nos besoins, nos goûts, et notre budget. Un homme de métier quoi.

Commence alors la grande épopée des rencontres avec des architectes. Pendant six mois, nous allons croiser tous les archétypes de la profession. Des comiques. Des entêtés. Des fêlés. Des paresseux. Des illuminés. Des voyous. Et même des types bien (mais pas libres).

Prenons le premier, l'illuminé.

Tout juste s'il ne nous fait pas allonger sur le divan pour nous sonder l'inconscient : « Fermez les yeux et expliquez-moi votre maison. »

Dociles, nous fermons les yeux. Dès qu'il nous donne l'autorisation de les ouvrir, c'est pour nous tendre un devis. Et le montant est exorbitant.

Nous ressortons du cabinet effondrés. Nous avons dû faire la plus grosse sottise de notre vie en achetant ce fichu terrain. Nous n'avons pas les moyens de construire une maison, c'est clair.

Le deuxième architecte nous parle sur le ton paternaliste d'un accoucheur à une parturiente lors des premières contractions. Il peut quelque chose pour nous à condition que nous soyons raisonnables. C'est lui qui décide de notre maison. Et si nous sommes bien sages, elle nous adoptera. Éventuellement. Surtout si on paye bien les traites pendant soixante-douze ans.

Notre troisième homme, lui, n'a pas l'intention de nous écouter. Ce qu'il veut, c'est nous montrer sa science. Ventripotent, il nous assène un cours derrière son bureau. Nous l'écoutons poliment nous raconter son enrichissante expérience : il a construit des cases au Togo (tout en boue séchée) et se sent prêt à renouveler l'exploit dans le Midi de la France. Nous lui proposons de venir voir le terrain. Coup de chance : il ne viendra jamais. Notre boue ne lui dit rien. Pas suffisamment exotique.

L'architecte suivant a consenti à se déplacer. D'un air dégoûté, il s'est planté devant le terrain, sans y engager le bout de son mocassin, et du haut de la route a contemplé les mimosas, les pins, les rochers rouges qui pointent leur tête derrière les touffes de thym dégringolant cent mètres plus bas. Disons plutôt qu'il a contemplé l'étendue du désastre. Et, fermement, a conclu qu'il ne voyait pas l'intérêt d'habiter là. Lui, à notre place, il aurait acheté en ville. Là au moins, on peut se faire des amis. Très préoccupé de notre santé mentale, il nous a diagnostiqué un avenir émoustillant où nous péririons dans un tête-à-tête qui nous serait fatal. Qui viendra vous rendre visite dans un endroit pareil ?

Intimidés par son absolue conviction, nous n'avons pas osé lui demander de diagnostic plus précis sur la viabilité de notre terrain. Peut-être pensait-il, soupira Éric, que notre intention était d'ouvrir une succursale du Club Med.

Un extralucide nous a affirmé que le terrain était absolument inconstructible. Carrément trop pentu.

Difficile d'accès. Et que les jours de grand vent, nous allions décoller.

Un original, pour la première fois, s'est aventuré à se renseigner sur les us et coutumes de notre couple et a cru faire le tour du problème en demandant : « Est-ce que madame cuisine ? » Et, déçu, a rangé ses velléités architecturales quand nous avons répondu : « Non, c'est monsieur. »

Sans oublier celui qui était tellement fier de son dernier ouvrage qu'il tenait à le reproduire exactement. L'obsessionnel qui n'a envie d'exercer sa créativité que dans des cuisines américaines ou des mezzanines dénommées « séjour cathédrale » parce que ça lui donne la sensation de refaire Notre-Dame de Paris.

À ce stade-là, il faut reconnaître que notre humeur n'est pas brillante. Avons-nous eu une idée folle ? Surtout que les récits que nous entendons à droite et à gauche ne sont pas faits pour nous relever le moral. Entre ceux qui ont fait construire et ont erré de problèmes en déceptions et ceux qui ont renoncé avant d'avoir commencé, il n'y a pas de quoi se montrer optimistes.

Les semaines passent. Les devis d'architectes arrivent à la maison. Plus terrifiants les uns que les autres. Les prix sont trop élevés pour notre budget, et les plans tous décevants quel que soit le genre. Du pompeux au pseudo-provençal en passant par l'indigent. De l'architecture au Magimix. Des enfilades de pièces posées çà et là sans raison, des idées piquées à droite et à gauche mais aucune cohérence, un ramassis sans logique, sans goût.

Pour tout dire, nous sommes effondrés. En fait, nous nous retrouvons avec un terrain à construire et plus rien à poser dessus.

« Et si nous le revendions ? » suggéré-je gentiment.

La réponse, je l'ai en rentrant le lendemain soir : Éric, un crayon à la main, est en train de griffonner un plan d'attaque.

D'abord mettre au clair nos idées sur la maison que nous voulons.

Ensuite accepter une fois pour toutes l'idée que nous n'avons pas les moyens.

Je n'en reviens pas. Il cale ? Il renonce ?

Je proteste pour la forme. Mais dans le fond je suis soulagée. Après tout, pourquoi se créer tant de soucis ? Nous avons mieux à faire l'un et l'autre que de soupirer après des petites maisons toute notre vie pour y ranger nos préoccupations minuscules. Et puis il reste les grandes causes. Elles sont assez nombreuses pour qu'on en trouve une qui nous convient. Qui va nous motiver, nous agiter, bref nous faire oublier que nous ne sommes que poussière périssable sur cette terre.

J'en suis là de mes sentiments élevés, nobles et généreux quand je réalise qu'Éric n'a pas tout à fait emprunté le même itinéraire de spiritualité.

— Ce qu'il faut, c'est tout simple, c'est ne faire construire que ce que nous pouvons payer.

— C'est-à-dire les fondations ? On fait creuser les trous et on monte une toile de tente dessus, c'est ça ? fais-je, tentant d'être primesautière dans les moments poignants de la vie de couple.

— Presque. On fait construire le gros œuvre. On se retrouve avec un bâtiment étanche. Sans eau. Sans électricité. Sans chauffage.

— Ça s'appelle un blockhaus.

— Comme tu veux, admet-il magnanime. Le reste suivra. Fait maison.

J'ai quelque difficulté à murmurer :

— Suivra quand ? Et fait par qui ?

— Ça peut prendre cinq ans, dix ans. Faut voir. Tout dépend du temps que j'investirai pendant les vacances et les week-ends. Sinon, quand on aura les moyens, de temps à autre, on prendra des professionnels. En fait, ce n'est qu'une simple question de patience.

Anesthésiée, je répète bêtement :

— Oui, de la patience.

— De toute façon, c'est la seule solution. C'est ça ou rien.

Voilà. On y est. Le pire, c'est qu'au bout d'une heure, il m'a convaincue. Et il y a des mauvaises langues pour me traiter de râleuse ?

Quant aux plans de la maison, puisque tous les projets qu'on nous a présentés ne nous plaisent pas, nous n'avons qu'à nous y atteler nous-mêmes. Ça va durer un an.

Un an où chaque soir, « nous-mêmes », à savoir Éric, dessine sa maison, avec la même maîtrise qu'un élève du CP s'appliquant à imaginer l'appartement de Barbie et Ken. Puis les dessins ont pris de la liberté et se sont enrichis de toutes ses envies refoulées.

Dans ses projets, il avait fait son marché à tous les rayons : un patio à l'espagnole, des terrasses comme à Marrakech, des placards que même Barbe-Bleue n'aurait jamais pu remplir avec ses femmes, des dressing-rooms grands comme des vestiaires. Et des cabinets partout. À chaque coin de couloir. À croire que j'avais épousé un type perclus de problèmes digestifs jusque-là insoupçonnés. J'avais quand même, de justesse, échappé au donjon et au pont-levis.

Puis, ç'a été à mon tour : « Qu'est-ce que tu veux, chérie ? » Chérie, elle aussi, a les yeux plus gros que le ventre. Elle veut un bout de palais italien (juste un petit bout), elle veut une grande cuisine, de la chaux blanche passée au badigeon, un balcon basque ou genre chalet suisse – faut voir –, une piscine sauvage, un jardin anglais, des volets bleu lavande mais de grandes baies vitrées pour la vue, pas d'escaliers mais une mezzanine pour bousculer les volumes, des arches, des colonnades... Le tout très zen.

Chérie a ressorti tous ses magazines de déco et tourne les pages frénétiquement, découpe des photos, arrache et empile. « Tiens, je t'ai coché là, regarde, ça me plaît. » Chérie ne sait plus où donner de la tête. Elle veut tout. Un carrelage en mosaïque. Une terrasse en teck. Une véranda et une gloriette. (Y a pas de raison !)

Bref, le tout mis dans un shaker ressemble au château de la Belle au bois dormant, retapé par une horde de malades mentaux.

Éric va essayer de faire entrer tout ça dans ses plans. Les premiers dessins sont monstrueux et irréalisables. Nous en convenons. Et maintenant, on fait quoi ?

Je trouve une solution : le minimalisme. Après tout, c'est à la mode. « Tu me construis un petit cube – ça ne doit être ni très cher ni très compliqué – et ça suffira. Quatre murs, et dedans une cuisinette, une chambre et une salle d'eau. Plus un bout de terrasse devant. Non ? »

L'ennui, c'est que j'ai sous-estimé l'homme. J'aurais dû me méfier. J'ai affaire à un pervers. Qui dit oui. Mais ne fait que ce qu'il veut.

Mon petit cube est tombé dans le néant cosmique. Jour après jour, Éric s'acharne sur ses plans : l'idée s'épure et la maison, petit à petit, prend forme. Autant le dire : mon cœur s'emballe. Mais son projet est-il réalisable ? Après tout, il n'est pas plus architecte que moi, même si sûrement plus doué que les types auxquels nous avons eu affaire précédemment.

Le hasard bienveillant nous fait rencontrer l'homme de la situation. Un architecte. Qui d'habitude ne travaille pas pour des particuliers. On déjeune tous les trois. Il nous pose des questions sur notre façon de vivre, sur nos goûts, et même sur nos envies les plus bizarres.

Au dessert, on l'aime. Cet homme-là nous comprend et accepte de travailler pour nous. Évidemment, Éric, par modestie, n'ose pas lui avouer que lui, dans son coin, a déjà mis des projets sur papier.

Trois semaines plus tard nous recevons des plans, ainsi que des propositions. Certaines nous plaisent, pas toutes.

Je décide de tenter le tout pour le tout en avouant à l'architecte qu'Éric a des idées assez précises mais qu'il n'ose pas lui en parler. Après en avoir pris connaissance, l'architecte ne s'esclaffe pas. Mieux, il comprend. Et, à partir de ces ébauches, il va réaliser le plan définitif, apportant des améliorations, trouvant des idées astucieuses.

La maison est née.

À partir de là, Éric va construire des maquettes pour que je comprenne bien le projet en volumes. J'ai l'impression d'assister à une échographie. Et comme mon homme est pointilleux, il passe des heures à vérifier, par exemple, que l'ombre portée sur la piscine ne sera pas envahissante.

Comment s'y prend-il ?

Dans un premier temps, à l'aide d'une lampe de bureau figurant le soleil, il décline les heures de la journée et les ombres portées par la maquette de la maison sur la piscine.

Le résultat ne le satisfait pas. Alors tout simplement, il installe sa maquette dans notre jardin et note minutieusement, pendant un an, les angles réels des ombres. (Il ne s'est pas trompé d'un centimètre, alors que la même étude, réalisée par un ordinateur, s'est révélée erronée. En effet, celui-ci n'a tenu compte que de l'ombre au fond du bassin. Ça vous arrive souvent à vous de vous baigner au fond de la piscine ?) Ceci pour dire qu'un homme dévoré par le désir de

« bâtir » peut déployer des trésors d'ingéniosité pour parvenir à ses fins.

Le soir désormais, pendant que je plonge avec délices dans David Lodge ou Somerset Maugham, Éric, apaisé, potasse des traités de plomberie et s'endort avec des manuels techniques du bâtiment.

Enfin, après une année sans cinéma, sans sorties, entièrement consacrée à ce fichu projet, nous nous trouvons face à une maison plutôt ambitieuse : trois corps de bâtiments reliés par une passerelle, la piscine au milieu, un patio, des volumes, un bureau isolé, des surfaces lisses et nettes, ce qu'on appelle une maison contemporaine. Moi qui voulais un petit cube tout simple posé à côté d'un bassin en plastique, je me suis fait rouler dans la farine.

Ne reste plus alors qu'à obtenir l'agrément de l'architecte du lotissement.

Il faut savoir que, si vous avez droit au toit à quatre pentes en tuiles (tuile mécanique ou « vraie » tuile, l'essentiel, c'est que ce soit de la tuile), curieusement vous n'avez pas droit au toit en terrasse qui ne relève pas, paraît-il, du fameux « style provençal », qui n'existe pas mais auquel il faut quand même se conformer au nom du respect du terroir. C'est pareil pour le choix des couleurs de façade : non aux roses, aux rouges Pompéi, à tous les orangés. Pourtant regarder les sublimes maisons 1930 tout au long du littoral permet de constater que ce ne sont pas elles qui ont contribué à défigurer la Côte.

Dans de nombreux coins de France, on retrouve le même problème. À l'île de Ré par exemple. Où les contraintes de construction sur l'île régissent les formes des maisons. Celles-ci doivent obligatoirement répondre à des critères de hauteur, être recouvertes de tuiles, avoir un certain type d'ouvertures et d'enduit et arborer des couleurs pastel imposées qui n'appartiennent pas non plus à la tradition marine.

Sans compter qu'il est bien plus grave de se tromper sur les proportions que sur les couleurs. Sous le prétexte de préserver l'environnement et un retour à « l'authentique », le Français n'a droit qu'au faux rustique. Pas au contemporain. À vous dégoûter d'entrer dans l'an 2000.

L'entrepreneur a chopé une dépression

Toutes nos relations bâtisseuses nous avaient donné un conseil en béton: d'abord et avant tout choisir un entrepreneur sérieux. Qu'est-ce qu'un entrepreneur sérieux? À l'unanimité, c'est un monsieur qui a des références, dont la boîte tourne bien, dont les maisons sont terminées dans les délais, le tout en respectant les devis.

Jusque-là, l'affaire paraît simple et surtout logique. Même s'il faut reconnaître que nous étions terrassés par les récits peu ou prou apocalyptiques qui nous avaient été faits. L'entrepreneur qui encaisse les chèques et disparaît dans la nature. L'entrepreneur qui entreprend mais élève à la va-comme-je-te-monte des murs zébrés de fissures au premier coup de soleil. Ou l'entrepreneur qui a tout simplement oublié de prévoir l'emplacement des fenêtres.

Une amie extralucide nous avait donné le conseil: « Tu parles avec lui, tu apprends à le connaître, et à la longue, ça se voit, s'il est sérieux ou pas » que nous avons scrupuleusement respecté.

Monsieur Marcel et moi – c'est mon rôle dans le couple –, nous avons « communiqué ». Et j'en ai conclu qu'il était fort sérieux.

Monsieur Marcel ne buvait pas. Monsieur Marcel n'avait pas de dettes. Il était doté d'une femme et d'enfants légitimes, n'aimait pas la télé donc se couchait tôt et se levait dès potron-minet pour arpenter ses chantiers. Une vie saine entièrement consacrée à son affaire. Son entreprise était en règle avec l'Urssaf et autres plaies d'un patron.

Bref, Monsieur Marcel avait tout bon partout.

En plus il était charmant. Gentil. Bien élevé. Parlant clairement, répondant aux questions. Dynamique et même pourvu d'humour.

Quand je signalai ce trait à Éric, celui-ci me fit remarquer qu'à la rigueur on aurait pu s'en passer. Mais bon on n'allait pas faire les difficiles et dire : « Monsieur Marcel, votre humour on n'en a pas besoin. » Nous avons donc pris « entrepreneur avec humour ». Ça ne peut pas faire de mal.

Pendant trois mois, tout a été parfait. Monsieur Marcel a fait creuser les fondations là où on voulait, il a arrimé sa grue là où il fallait, l'architecte nous faisait parvenir les photos des débuts des travaux, et il fallait qu'on se retienne pour ne pas les infliger à nos copains, dans des soirées diapo, tant notre enthousiasme était grand.

Nous, on avait de la chance (grâce à mon fameux talent de « communication »), on avait su détecter un type génial. Prudemment, on ne le clamait pas trop haut par peur d'irriter les astres et surtout parce qu'on avait quand même le sentiment d'agacer nos copains plus malchanceux. Et on complétait avec modestie, pour ne terrasser personne d'envie : « C'est grâce à tous les conseils que vous nous avez donnés. »

Monsieur Marcel était vraiment formidable.

Jusqu'au jour – la maison n'en était alors qu'à trente centimètres du sol – où on nous a prévenus que Monsieur Marcel était alité. Les travaux étaient ralentis mais allaient reprendre d'une semaine à l'autre.

Deux semaines plus tard, nous nous rendons sur le chantier, excités à l'idée du spectacle qui devait nous attendre. Sûr que nous aurions un choc avec l'ensemble des premiers murs.

Effectivement, le choc, on l'a eu. Le terrain était éventré, des barres de fer jaillissaient de partout, la grue se languissait avec son long cou toute seule au milieu d'un chantier déserté.

Apparemment pas un seul ouvrier. Si. Un. Un qui maniait la truelle comme s'il tenait une pelle à tarte. Comme Éric lui faisait remarquer prudemment qu'il pensait que la mesure entre deux murs n'était pas exacte et ne respectait pas les plans, et qu'il faudrait peut-être mesurer une seconde fois, l'autre lui avoua avec un grand sourire :

— De toute façon, vous pouvez dire un mètre deux ou un mètre douze, c'est pas grave, je sais pas compter. Je fais comme je sens. Je pense que ça devrait marcher.

Éric, interloqué, lui demanda s'il était bien maçon. L'autre lui rétorqua :

— Non, moi je suis pêcheur. Tous les maçons, ils sont partis. Comme ils n'ont pas touché leur salaire, ils ont arrêté de travailler.

— Et pourquoi ils ne sont pas payés ?

— Parce que Monsieur Marcel il a chopé une dépression nerveuse, répondit le pêcheur.

Ça, même mes copains les plus pessimistes ne l'avaient pas prévu.

Nous nous rendons chez Monsieur Marcel. Personne. Une voisine compatissante, devant notre désarroi, nous le confirme : Monsieur Marcel est bien victime d'une dépression nerveuse. Même qu'il a tenté de s'échapper de l'hôpital en pyjama (sans ses babouches) et qu'il veut absolument se suicider.

Moi, je ne veux pas que Monsieur Marcel se suicide. Pas question. Je n'ai que trente centimètres de murs.

Pourquoi veut-il se supprimer, ce garçon du bâtiment qui a tout bon partout et qui me trahit ?

Sa femme l'a trompé. Et elle est partie. Où ? Personne ne sait. Je suis prête à la lui ramener. D'autant que si à la longue, je me suis faite à l'idée que nous n'aurions au bout du compte qu'un « hors d'eau », je n'ai pas envie de camper dans des fondations.

Les psys défilent au chevet de Monsieur Marcel qui affirme – sous Prozac – qu'il va reprendre très vite les travaux. Nous lui demandons de virer le pêcheur de limande. Nous ne voulons pas une barque, nous voulons une maison. Du coup, Monsieur Marcel ne veut plus nous voir. Nos visites lui sapent le moral et si sa femme ne revient pas, de toute façon, il est fichu parce qu'elle est partie avec la comptabilité. (Je me demande si ce n'est pas plutôt avec le comptable.) Monsieur Marcel est dans un état tel que même nos coups de téléphone insistant pour que le chantier soit de nouveau ouvert, deviennent indécents (dixit Monsieur Marcel dans une bouffée de survie).

Nous le laissons reposer. Un peu d'humanité ne nuit pas.

Nous avons tort. Quand nous le rappelons, prêts à accourir à son chevet, nous apprenons que Monsieur Marcel a pris la poudre d'escampette (cette fois-ci sans oublier ses babouches). Profitant de la bonne humeur que lui a fourni une fournée de Lexomil, Monsieur Marcel est parti avec nos chèques pour se consoler vers des terres plus clémentes où les femmes sont fidèles et où les maisons poussent toutes seules.

Pendant six mois, la maison du « fou », la nôtre, est restée les bras tendus vers le ciel. Désespérément.

Les maisons et les illusions perdues d'Honoré

Tandis qu'Éric et l'architecte partent à la recherche d'une nouvelle entreprise « sérieuse » pour terminer le fameux « hors d'eau », je me plonge dans la vie de Balzac. Parce que j'ai appris, à la suite d'une émission à la radio, qu'il avait été, lui aussi, atteint par le virus des maisons. Et que tout connaître des malheurs des grands donne du cran aux petits.

Non seulement ce monsieur est un génie de la littérature mais il faut reconnaître qu'il n'a pas donné dans la médiocrité quand il s'est laissé aller à ses obsessions domestiques.

En 1838, à 39 ans, Honoré est saisi d'un rêve de propriétaire. Ce qu'il veut, c'est une maison modeste afin d'y travailler au calme. Il n'a pas un sou devant lui. Qu'importe ? Il écrit vite, et en une nuit, il doit bien pouvoir accoucher d'une comédie. Après tout il a le droit de s'offrir ça – le devoir même. Tout le monde le sait, on écrit mieux si on travaille dans un endroit bienveillant.

Grâce à cette idée lumineuse, il va conforter des générations de plumitifs velléitaires et paresseux dans l'idée que le jour où ils seraient campés au calme face au Pacifique, ils écriraient eux aussi *Les Illusions perdues*.

J'ai tenté l'expérience : travailler dans un taudis qui suinte l'humidité m'a plus stimulée que de m'installer devant l'océan ou les cimes neigeuses. Suffit de se répéter qu'en retroussant ses manches on aura ainsi de quoi payer son loyer.

Honoré, donc, se met à la recherche de la maison de ses rêves. Il la trouve : « les Jardies », sur la commune de Ville-d'Avray, à une heure et demie de Paris. Mais, déjà, il lui faut plus d'espace. Dès le lendemain, il se met à acheter les terrains voisins et y rajoute dix-sept parcelles. En tout quatre mille mètres carrés, sur lesquels il compte se poser « comme un ver sur sa feuille de laitue ». Il a des dettes, les huissiers lui courent après ? Pour lui, c'est un détail. Il veut aménager « les Jardies » à son goût et en faire un palais.

Et c'est vrai qu'il travaille comme un fou. Écrivant même plusieurs œuvres à la fois. Il fournit aux journaux, aux éditeurs, à tout ce qui veut bien le publier et le payer. Vous voulez du court ? du long ? de la comédie ? du feuilletonant ? Il rédige du chef-d'œuvre furieusement, jour et nuit. Ce qui ne l'empêche pas de fantasmer sur sa bicoque. Entre deux chapitres, il décrit son enthousiasme à une amie : « La plus belle vue du monde, avec une pompe que doivent envelopper des clématites et autres plantes grimpantes, une jolie source et quarante-cinq mille francs de dettes de plus... » Pour gagner plus d'argent, Honoré fourmille de projets. Il se découvre des velléités d'homme d'affaires. Pourquoi n'achèterait-il pas des mines argentifères ? Pourquoi ne deviendrait-il pas millionnaire ?

En attendant, il fait partager sa passion à ses amis. Il les invite, les traîne de pièce en pièce, les obligeant à se pâmer devant des murs décorés de peintures qu'il ne possède pas encore. Attendris, mais surtout un peu inquiets de la santé mentale de leur grand Honoré, les amis – les vrais – s'extasient. Sur les murs, nus comme ceux d'une église de village, Balzac a tracé au charbon des indications flamboyantes : ici un tableau de Raphaël, une toile de Titien, l'autre de Rembrandt, ici un plafond peint par Delacroix (pourquoi pas ?), ici des portes façon Trianon. On a beau dire, si c'est écrit sur les murs, c'est que c'est vrai. En tout cas, lui y croit.

Mais l'intérieur de la maison ne suffit pas aux ambitions d'Honoré. Il lui faut une vue, des paysages à contempler au travers de ses fenêtres. Malheureusement le sol autour de la maison s'avère ingrat et il est difficile d'y planter le jardin dont il rêve. La terre est mauvaise, collante, glaiseuse et en plus le terrain est en pente. Les arbres ne s'y accrochent pas et quand on s'y promène, on dérape. Qu'à cela ne tienne, Honoré invente le crampon, et prend la précaution de ne jamais sortir sur ses terres sans remplir sa poche de cailloux qu'il coince sous les semelles de ses chaussures.

Tandis qu'il déambule, le nez au vent, il lui vient une idée. Puisque abricotiers et cerisiers font la tête et refusent de prendre racine, il va installer une serre et y faire pousser des ananas. Sans compter qu'il pourra les revendre. Cent mille pieds d'ananas, voilà un moyen de se faire du fric ! Tout en arpentant ses mètres carrés, il ne se demande pas ce qu'il va faire de la cousine Bette, non, il calcule : à Paris l'ananas est à vingt francs, lui il va le proposer à cinq, soit des récoltes à vingt-cinq mille francs.

Ça c'est une affaire en or. Et il va jusqu'au bout de son projet, entraînant son copain Théophile Gautier dans ses prospectives. Théophile trouve bien l'idée un peu farfelue, mais un ami, c'est un ami… « Sur le boulevard Montmartre, nous cherchâmes une boutique pour la vente des ananas encore en germe. » En marchant, les deux compères devisent : « La boutique sera peinte en "Ananas des Jardies". »

« Pour Balzac, les cent mille ananas hérissaient déjà leurs aigrettes de feuilles dentelées au-dessus de leurs gros cônes d'or quadrillés sous d'immenses voûtes de cristal : il les voyait. Il se dilatait à la haute température de la serre. Il en aspirait le parfum tropical de ses narines passionnément ouvertes. Et quand rentré chez lui, accoudé à la fenêtre, il regardait la neige descendre silencieusement sur les pentes décharnées, à peine se détrompait-il de son illusion. »

Pour les travaux dans la maison, il contracte des dettes partout. Il emprunte à des amis mais, très vite, il doit de l'argent à l'entrepreneur, au jardinier, à la voisine et même au garde champêtre de Ville-d'Avray vis-à-vis duquel il éprouve une peur bleue. À tel point, qu'il n'ose même plus se promener dans les bois par crainte de le rencontrer et que l'autre lui réclame son dû.

Finalement, le 22 juillet 1839, il est obligé de revendre « Les Jardies » par adjudication à la criée. La villa est saisie et rachetée par Gambetta. Le rêve aura duré un an.

Au milieu de tous ses soucis, c'est pourtant là qu'il rédige *Le Cabinet des Antiques*, *Les Illusions perdues* (un titre prémonitoire) et qu'il trouve le plan de *La Comédie humaine*. Ce qui a dû le consoler amplement de l'échec de sa plantation d'ananas.

Quelques années plus tard, alors qu'il vit quasiment en compagnie de ses personnages de *La Comédie humaine* qui l'obsèdent, et toujours pas découragé par ses infortunes immobilières, voilà qu'il décide d'acheter une nouvelle maison. Il trouve un prétexte charmant pour replonger : ce qu'il veut, c'est un nid pour sa belle, l'adorée comtesse Hanska avec laquelle il veut s'installer à Paris.

Cependant, il fait les choses un peu dans le désordre. Il va meubler le palais qu'il a dans la tête avant de le posséder. Saisi du démon du shopping, dès qu'il est en voyage, il passe sa vie chez les antiquaires. Bien sûr, la maison est encore à l'état de chantier. Qu'importe, il fait l'acquisition de quatre-vingt-quatorze assiettes, soupières et saucières assorties. Avec quel argent ? Avec celui que lui envoie son « Évelette chérie » (Mme Hanska qui n'a pas encore quitté son mari mais possède sa propre tirelire : le « trésor Louploup »). Honoré a promis de ne pas y toucher sans son accord mais, en homme d'affaires averti, il pense que l'argent qui dort risque de s'étioler.

Il achète des tableaux, des chaises anciennes ayant appartenu à des grands de ce monde, des armoires. Il fait des affaires, il en est persuadé. Il discute les prix, bref, il est très fort. En tout cas, il le croit.

Ces meubles ont-ils vraiment appartenu à ces illustres propriétaires ? Rien de moins sûr. Tableaux et objets d'art prennent le chemin de son domicile. Il en arrive de partout. De Turin, de Rotterdam, d'Allemagne. Un christ en bois sculpté de Girardon qui n'est pas de Girardon avec un cadre de Brustolone qui n'est pas de Brustolone, un portait de Mme Greuze qui n'est pas elle, peint par Greuze qui n'est pas lui.

Puis, il lui faut un trousseau : des draps, des torchons. Il tire plus de fierté d'une poignée de chasse d'eau « en verre de Bohème, couleur verte » que des deux mille personnages qui sont nés dans sa tête.

Il achète une fontaine que Bernard Palissy a créée pour Charles IX ou pour Henri II, il ne sait pas exactement. Ce qui est sûr, c'est « qu'il n'y a rien de comparable ni au Louvre ni à Cluny, enfin nulle part ». Le tout est de faire plaisir à sa belle qui commence à s'affoler en voyant fondre le « trésor Louploup » et se couvre de sueurs froides à l'idée que son Honoré est en train de lui croquer tout son bas de laine.

Maintenant qu'il a monté son ménage, Balzac cherche, pour loger le tout, le palais qui sera digne de sa chère comtesse. Ce sera « La Folie Fortunée », la bien nommée.

À nouveau, la frénésie le saisit. Il faut qu'il aménage « La Folie Fortunée » avant l'arrivée de son amour qui, elle, n'a jamais rien envisagé d'aussi somptueux. Il entreprend d'énormes travaux de réfection qui coûtent très cher. Trop cher.

Évelette se fait un souci monstre. Honoré a-t-il les pieds sur terre ? Il lui répond qu'elle se ronge les sangs pour rien. Il gagnera cent mille francs dans l'année 1847 avec

1° *La Fin de Vautrin*
2° *Les Vendées*
3° *Le Député d'Arcis*
4° *Les Soldats de la République*
5° *Une famille*.

Et puis *La Comédie humaine* va être réimprimée. Alors pourquoi se montrer pingre ? Et il poursuit en décrivant ses achats et les transformations de la maison.

Dans des éclairs de lucidité, et comme il a peur qu'elle se lasse, il ironise avec une mauvaise foi de génie : « Comme tu dois rire de voire le grrrrrrand auteur de la grrrrande comédie humaine se passionner pour du mobilier et de semblables affaires, mais c'est pour nous et notre fortune que je combats en ce moment. » Réaction typique de l'obsédé qui vous convainc que s'il marche sur une corde raide et qu'il a pris des risques, c'est uniquement pour vous donner du bonheur.

Il est si atteint que, non content d'avoir acheté « La Folie Fortunée », il se reprend à rêver du château Moncontour. Avec quel argent ? lui écrit la pauvre Ève, de plus en plus secouée par cette fureur domestique. Honoré a des arguments : si elle vient habiter avec lui, il sera tellement heureux qu'il travaillera deux fois plus. Il sera donc deux fois plus riche et il pourra donc avoir deux fois plus de maisons. Mathématique !

Le 4 février 1847, Évelette débarque rue Fortunée. Honoré s'attend à des cris d'enthousiasme. Du ravissement. Des bravos. Évelette est consternée : Honoré n'a fait que des erreurs. Elle est définitive. C'est tarte.

C'est inconfortable. Le tout ressemble à une vitrine de brocanteur, du bric-à-brac. Du tout et du rien. Quant aux fenêtres, elles ferment mal.

Honoré accablé, se répand en excuses, trouve que son Évelette n'est pas très indulgente. Si elle est déçue, c'est la faute aux ouvriers, il en reste encore dans tous les coins à fignoler çà et là. (Entre nous, il a bien de la chance.)

Ève Hanska, désappointée, repart vers son domicile conjugal – peut-être moins somptueux mais plus rassurant – et l'année suivante, abattu, il lui écrit : « Ma maison est odieuse, la littérature insipide (il mélange tout), et je me croise les bras tandis que je devrais travailler. Aussi ai-je formé le projet de vendre la maison et de venir m'établir professeur de français et de danse et de belles manières en Ukraine. »

Finalement, Ève acceptera de venir habiter le petit nid d'amour, mais ne s'y plaira pas. Balzac tombe malade et mourra deux ans plus tard, en 1850. « Fortunée » devient insupportable à celle pour qui elle a été conçue.

Ellc n'aimera jamais ni la salle à manger tendue de cuir de Cordoue à fleurs d'or et d'argent, surmontée d'une coupole bleue, ni la chambre à coucher en daim rouge de Chine ni même l'escalier dont la richesse stupéfiait Victor Hugo.

Après la mort de Balzac, il semble que les goûts d'Ève évoluent et que ses réticences esthétiques s'estompent puisque la demeure de la rue Fortunée abritera encore plusieurs années ses ébats amoureux avec d'autres fiancés.

Inutile de vous préciser combien la fin de l'histoire me chagrine.

C'est en haut du mur qu'on voit le maçon

Quand l'entreprise à laquelle nous avions confié notre budget s'est déclarée en faillite et que notre Monsieur Marcel nous a lâchement abandonnés – sa femme visiblement n'ayant pas envie de réintégrer le foyer conjugal – il nous a fallu trouver un maçon pour finir le fichu « hors d'eau ».

Nous avons croisé alors des maçons à la personnalité certes intéressante mais à l'efficacité très relative.

Le premier, charmant (et fan de *La Tosca*), avait une conception assez curieuse de son travail. Enthousiaste, il déclara adorer son métier, et s'attela à la tâche avec un enthousiasme qui, dans un premier temps, nous fit du bien. Les murs montaient vite. À peine tourniez-vous le dos, le temps d'aller chercher un café, et une cloison s'élevait entre lui et la tasse que vous teniez à la main. L'ennui, c'est qu'il maçonnait uniquement où il avait envie de maçonner. Avions-nous affaire à un maçon poète ou tout simplement distrait ?

« L'emplacement d'une porte, c'est une question de point de vue. Et le propre d'un point de vue, c'est d'être discutable », arguait-il en s'allumant sa cigarette. Et, en reculant pour mieux juger de l'effet quand nous lui faisions remarquer que sur le plan, la porte n'était pas prévue à cet endroit-là : « Mais moi j'aime autant la placer de cette manière. Chez moi, en tout cas, c'est ce que j'aurais fait. » Ce qui était effectivement une preuve éclatante.

Un brin contrariés, Éric et moi décidons qu'il est préférable qu'il garde sa créativité pour son petit *home* à lui. On se met à discuter ferme avec lui. Pendant quelques jours, il semble que nous tombions d'accord. Il y a des plans, autant les respecter. Apparemment docile, un rien déçu cependant par notre manque de jugement, il approuve : après tout, quand les clients ont mauvais goût, il est prêt à comprendre.

Profitant de notre absence pendant un mois, il supprime une fenêtre parce qu'« elle sert à rien ». Gentiment, nous lui expliquons que nous aimons la vue qui pourrait nous être offerte à travers ce cadre.

La discussion s'entame. Le ton monte. Il ne saisit pas ce qu'il y a à regarder, à part la mer et la montagne. Aimer se tremper dans la mer est une chose, contempler une étendue d'eau toute la journée à travers ses fenêtres, c'en est une autre. Qui n'ont rien à voir entre elles. D'ailleurs, il peut le prouver. Les cuisiniers qui ont eux-mêmes élevé leur bœuf ont-ils seuls le droit de faire un ragoût ? Oui ou non ? Nous le regardons, perplexes. Il y a quelque chose qui nous échappe dans la splendeur du raisonnement.

Malgré tout, pour montrer sa bonne volonté, il accepte de percer la fenêtre à l'endroit prévu. Le spleen s'est abattu sur lui, il ne chante plus *La Tosca*, il la massacre. Le marteau lui en tombe des mains. Les Parisiens ont des têtes de chien. Avant de quitter le chantier, le soir, il nous fait comprendre que si on se sépare de lui, on ne lui trouvera pas de remplaçant. On restera dans les courants d'air. Sans murs. Et, entre nous, vaut mieux un mur trop court que pas de mur du tout, non ? Lassés de la joute oratoire, nous inventons un prétexte : les huissiers sont à nos trousses, nous n'avons plus d'argent. Nous devons nous séparer de lui et de sa créativité.

Qu'allons-nous devenir? Nous commençons à nous ronger les ongles chacun dans notre coin. Avons-nous fait la plus grosse bêtise de notre vie? Les voisins nous abreuvent d'histoires de maisons plus horribles les unes que les autres: des escaliers qui débouchent sur du vide, avec des marches où on n'a que la place de poser les orteils, des portes qu'on ne peut ouvrir qu'en fermant les fenêtres, et le summum... des propriétaires qui découvrent à la visite de chantier que leur maison a bien été construite mais à l'envers. Cul retourné sur la vue.

Commence alors le défilé des maçons.

Des jeunes maçons qui n'ont jamais maçonné, des vieux maçons qui regardent et repartent découragés avant même d'avoir commencé, des moyens maçons qui sont très moyens et qui, après cinq pastis, jurent qu'ils seront là demain et que vous ne revoyez jamais. Pourquoi? On ne le saura pas. Peut-être qu'un destin plus glorieux les appelait plus loin. Derrière notre colline.

Nous leur faisons sûrement mauvaise impression, analyse Éric. N'aurions-nous pas une tête de mauvais payeur?

Pour le rendez-vous suivant, je passe à l'action, je me fais un brushing.

Le nouveau maçon s'installe sous le parasol. Six pastis plus tard, et malgré la somptuosité de mon brushing, sa méfiance ne semble pourtant pas se dissoudre. C'est que lui aussi vient de traverser des histoires terribles. Si nous avons des histoires de maçons, lui a des histoires de clients.

Pendant plusieurs mois il a travaillé sur un chantier. « Des gens bien comme tout, gentils, la dame bien coiffée, dit-il en me jetant un regard hostile. Jusque-là, j'avais été payé régulièrement. Je n'avais eu aucun problème. Enfin un bon client. »

Notre maçon, en confiance, relâche son attention. Le chantier se termine et n'arrivant pas à se faire régler le solde, il décide de porter plainte. Que font les clients ? Pour ne pas avoir à verser ce solde, ils affirment qu'il y a malfaçon. Et le prouvent.

Le maçon revient sur le chantier et n'en croit pas ses yeux : les propriétaires ont changé deux fenêtres, les ont reposées de guingois. Visiblement, il y a malfaçon.

Que fait la justice ? Elle juge. Notre ami maçon perd le procès.

Comprenez que notre homme soit devenu méfiant. Voire ombrageux.

Six mois plus tard, il n'arrive pas plus à se faire payer chez un autre client. Échaudé, il décide de ne rien demander à la justice et de régler ses problèmes tout seul. On ne veut pas le payer ? Il choisit l'efficacité.

Au volant de sa grue, il se rend chez le client dont il vient de finir la superbe maison. Il se poste devant la bâtisse, et menace de détruire petit à petit à coups de pelleteuse, tout ce qu'on lui doit (un bout de toit, un petit morceau du deuxième étage, et la moitié du barbecue).

La propriétaire, un peu inquiète, accepte de passer le nez dans son jardinet. Elle discute et ne veut rien entendre. Le ton monte entre les deux adversaires. Un quart d'heure passe. L'autre ne voulant pas sortir son chéquier, notre maçon menaçant, descend sa grue d'un cran.

Madame s'énerve. Les enfants sortent sur le pas de la porte, en piaillant. Ils ne veulent pas que la vilaine grue vienne leur prendre leur Nintendo. On se croirait dans un conte de Grimm avec la maison en sucre et l'ogre qui vient la manger à la petite cuiller. Finalement, le mari, qui jusque-là est resté courageusement tapi derrière les rideaux du salon, saute dans sa voiture et jure qu'il va à la banque et sera là dans dix minutes avec la somme demandée.

Pas de chance, sur son chemin, il croise un collègue à qui il raconte son aventure. L'autre l'invite pour le calmer à boire un coup. Deux coups. Trois coups.

L'heure tourne. Quand il arrive à la banque, celle-ci est fermée. Affolé, il rentre chez lui. Il est 20 heures. Pendant son absence, ivre de rage, le maçon du haut de sa grue a perdu patience et a décapité la maison. Plus de toit. (Le barbecue en briquettes a échappé au ravage.)

Le propriétaire porte plainte.

Et le maçon de conclure : « Là aussi j'ai perdu mon procès et je n'ai jamais touché mon argent. Mais jusqu'à la fin de ma vie de maçon, je m'en souviendrai. Il suffit que je me revoie en train de soulever le toit de sa fichue baraque, pour que ça me fasse plaisir. »

L'ennui, c'est qu'il en porte encore les stigmates et qu'il a l'air salement traumatisé et qu'aucune garantie (même mon brushing impeccable) ne semble pouvoir calmer ses angoisses vis-à-vis d'un client.

Derrière lui, enfin, un maçon a conclu le défilé. Il est sorti de sa voiture, a scruté le terrain, a admiré la vue poliment, nous a serré la main en signe de congratulation bienveillante, est remonté dans sa voiture et a lâché : « Vu qu'on ne peut pas descendre d'engins à cause de la pente, c'est non. On a peut-être creusé les fondations du château de Versailles à la petite cuiller mais même si l'autre con de Roi-Soleil me l'avait demandé en insistant avec diplomatie, j'aurais refusé. Alors votre truc, pas question, on n'est plus au Moyen Âge. »

C'est pour ça que le jour où nous tombons sur Vittorio, le soleil se lève sur notre maison.

Vittorio ne cherche pas de travail. Du travail, il en a par-dessus la tête. Il travaille sur un chantier à l'année. Vittorio se lève tous les matins à quatre heures. À quinze heures, il a fini sa journée. Et repart chez une pauvre dame à qui il a promis une cheminée ou chez des potes gitans qui ont besoin d'une terrasse devant leur roulotte. Il enchaîne chez un copain qui a besoin d'un coup de main pour déménager et quand il rentre chez lui à dix heures du soir, il fait le carrelage de sa cuisine parce qu'il a décidé de retaper lui-même la maison qu'il loue.

Autant dire que l'ouvrage, il ne court pas après. N'empêche. Il nous promet de revenir et de finir notre baraque. « Le travail ne me fait pas peur. Tout ce que je demande c'est de profiter de mon canapé que je viens d'acheter. Rien qu'une heure par jour. Alors je me pose sur mes coussins et j'écoute mes fesses qui sont heureuses d'être assises. »

Vittorio on l'a tout de suite aimé.

Vittorio va venir quand il veut. Quand il peut. Il sait tout faire et le fait bien. Vittorio n'a pas d'état d'âme. C'est lui qui va construire un escalier de soixante-quinze marches en traverses de chemin de fer. Les marches, il les a comptées deux mille fois en les montant (« pendant qu'on s'occupe la tête, ça distrait le muscle »). Lui tout seul qui va transporter des tonnes de terre, seau à seau, et des blocs de pierre. Les sacs de cent kilos, il les porte sur son dos comme s'il revenait du marché avec un ballotin de chocolat. « Normal, je pesais six kilos à ma naissance. Aujourd'hui imaginez qu'on me demande d'être top model, faudrait m'ôter un os. » Il ne se plaint pas. Il n'a jamais ni chaud ni froid. Il ne demande qu'une chose : écouter la radio en travaillant. « C'est une façon d'avoir le monde à côté de moi. Comme ça j'ai pas besoin d'aller voir ce qui se passe ailleurs. »

Parfois, Vittorio s'étonne de ce qui se passe dans le vaste monde et s'inquiète : « Je comprends pas. C'est fou ce que je suis normal. Vous trouvez que c'est normal d'être aussi normal ? J'ai jamais eu envie de baiser ma mère, j'ai jamais eu envie de dépecer mon voisin, je n'ai jamais ressenti rien de tel. La seule chose que je ressens, c'est la faim sur le coup de midi. C'est normal ou pas ? »

À chaque déjeuner, Vittorio nous raconte sa vie.

À trois ans, en Calabre, le jour de son anniversaire, Vittorio est embauché par le boulanger pour aller livrer le pain chez les riches. C'est un beau souvenir : en échange, il rapportait une miche à sa mère. « C'était formidable, c'est comme ça que j'ai appris à marcher (un kilomètre aller, un kilomètre retour, on apprend à regarder la route). »

À cinq ans, il joue au péplum dans les collines. Quand il y pense aujourd'hui, ça lui donne des idées : « Au lieu d'acheter toutes ces conneries de films américains, pourquoi on ne tourne pas en France de vrais péplums ? On a plein d'HLM en ruine, on fait courir des chevaux autour et ça ferait des films pas chers. » Il ajoute : « Tiens d'ailleurs, cette nuit, j'ai rêvé que j'étais Hercule, ça m'a fatigué. »

À huit ans, il travaille dans les fermes. « C'était comme en Inde aujourd'hui, dit Vittorio. Sauf qu'il n'y avait pas les fouets et les chaînes. Mais on avait tellement faim, moi et mes cinq frères, qu'on allait manger chez notre grand-père. Le pépé, il n'en pouvait plus de voir arriver à l'heure du déjeuner la nuée d'enfants qui venaient lui piquer sa bouffe. Alors, il poivrait tout exprès pour qu'on ne puisse pas y planter nos dents. Mais nous on mangeait quand même. C'était si fort que ça nous grattait le nez et les oreilles. »

À onze ans Vittorio débarque en France. À Valenciennes. Il fait froid, Vittorio ne parle pas français. Il n'a jamais été à l'école. Six mois plus tard, il est le premier en dictée. Et aujourd'hui, il répète: « Je dis merci à la France. Et j'ai mes raisons. Quand je montais sur ma colline en Calabre, je regardais la mer au loin et je me demandais où allait se ranger ce putain de soleil là-bas au fond. Et en France, à l'école, un maître m'a expliqué que la terre est ronde. On ne peut pas être ingrat avec un pays qui vous apprend ça. Je peux aujourd'hui retourner en Calabre (il ne l'a jamais fait) et là-haut sur ma colline, je ne serais plus une merde qui regarde la mer en se posant des questions. Merci la France. »

À quatorze ans, il apprend le métier de tailleur de pierres. « Si tu vas sur la place de Lille, tu lèves la tête, à côté de la parfumerie, le soleil d'or, c'est moi qui l'ai fait. »

Après, il y a la vie qui tourbillonne. Les emplois perdus. Les déménagements. Les soucis. L'argent. Sa fille qui sera « magistrate » parce que ça c'est pas du vent. Il y a aussi les femmes qui aiment Vittorio et que Vittorio aime. Mais pas forcément pour toujours. Parce que malheureusement, il y a la tentation. « On peut toujours croiser la tentation. N'importe où, elle vous guette. » Vittorio ne sort jamais la nuit du 14 Juillet. Une fois, il l'a croisée en jupe rouge sous des lampions et il jure qu'on ne l'y reprendra pas.

Et puis, entre deux sacs de ciment, une brouette et trois parpaings, il y a la philosophie de Vittorio:

• Rien ne sert de penser, il faut réfléchir avant.

• Il est plus facile de compliquer un problème que de le simplifier.

• Un grand mur, ça va plus vite qu'un petit mur.

• Si quelqu'un vous dit: « Je suis peut-être un con », normalement c'est qu'il ne l'est pas.

• Dans les cimetières, tous les morts ont une maison.

• J'aimerais aimer me baigner dans les piscines que j'ai construites. J'arrive pas à aimer ça. Pourtant elles m'ont coûté à faire.

Des maisons, il en a bâti une trentaine. Presque tout seul. « Et j'en ai pas une à moi. Parfois, oui, j'ai du chagrin mais je n'en veux à personne. Chaque fois que je passe à Valescure, je ralentis avec mon fourgon. Il y a une maison que j'ai construite pour deux cent mille francs. Le type ne m'a jamais payé ce qu'il me devait. Aujourd'hui, il joue au golf sur le gazon et moi, le macaroni, je pousse toujours ma brouette. Peut-être qu'il s'ennuie en plus avec son petit chariot. »

On t'aime, Vittorio.

La piscine : ou pourquoi ne jamais en construire une

Dans un premier temps, une piscine, on n'en veut pas. Nous sommes avant tout des personnes raisonnables. Et pour ne pas succomber, nous décidons que :

C'est trop cher. C'est compliqué à construire. On n'a pas la place. Ça fait nouveau riche. Après tout, on a déjà la mer. C'est dangereux pour les enfants. C'est froid. On ne s'en servira pas suffisamment. C'est trop bleu, ça fait toc. Ça saccage le paysage. Ça va agacer les voisins. C'est provocant dans une région si sèche. Ça attire les chauves-souris.

Six mois plus tard, installés dans votre maison, vous changez d'avis quand après une demi-heure au soleil sur la terrasse vous vous retrouvez aussi cramés qu'une chipolata après passage au barbecue. Alors vous décrétez qu'une piscine finalement :

C'est pas forcément bleu. De toute façon c'est sublime. Ça fait tellement plaisir aux enfants. Ça rafraîchit. Ça rend jaloux les voisins, tant mieux. C'est démocratique (tout le quartier pourra en profiter). C'est vraiment pas le prix qu'on croit. Ça peut être en plastique. Ça se construit en deux temps trois mouvements. C'est sain (et à raison de dix longueurs quatre fois par jour, je perdrai bien cent grammes). On ne la remplit qu'une fois. Ça s'est vachement modernisé. Ça donne de la valeur à la maison.

Un an plus tard, après construction et usage de la piscine, votre opinion a encore évolué. Vous constatez que :

Ça coûte cher. C'est rien que du souci. Ça attire les invités et tous les mômes du coin. C'est jamais à la bonne température. Ça tourne. On attrape des champignons. Ça ne marche jamais. Ça se fendille. Ça fuit. Ça déborde. Ça s'évapore. Ça attire un peu les sangliers et beaucoup les cons. C'est moche en hiver. C'est dangereux pour les petits enfants. Et c'est une vraie corvée quotidienne.

Mais la piscine étant avant tout un décor, voyons les acteurs de plus près.

D'abord une personne très très importante : le Monsieur Piscine, c'est-à-dire celui qui va veiller sur votre grande bassine. Parfois, il se pare d'un titre très ronflant, qu'il arbore en lettres gothiques sur les flancs de sa camionnette, et devient « maître piscinier ». Doit-on sous-entendre qu'un simple piscinier (qui ne serait pas maître en la chose) a un savoir limité à l'ouverture d'un robinet ?

Aujourd'hui, comme tout le monde décroche son bac (l'Éducation nationale l'a décrété, quatre-vingts pour cent de la population doit l'obtenir, que le candidat sache lire ou non), pour se distinguer, il faut se signaler par des lettres de noblesse tapageuses. C'est ainsi qu'apparaissent les « maîtres boulangers » dont toute la compétence tient dans l'utilisation de la farine et d'un four à pain. Un exploit.

Le « maître piscinier », donc, s'occupe de l'installation des piscines mais peut aussi en surveiller l'entretien quand vous pensez que cette étendue d'eau capricieuse ne relève pas de vos compétences ou que vous êtes absent. Ce qui est certain, c'est que ce monsieur est très sollicité. Et qu'il se déplace seulement quand il veut. Et il ne veut pas souvent.

Pourtant, il vous explique, dès le premier rendez-vous, qu'il est couvert de dettes, que sa femme va bientôt être condamnée à vendre des frites sur la plage pour nourrir la famille et qu'il lui faudrait des centaines de clients pour remédier à cette situation.

Le maître piscinier s'approche donc du chevet de votre piscine. Rien qu'à suivre son regard, vous vous doutez que son diagnostic va vous causer du chagrin.

D'un air accablé, il regrette votre mur de rochers (dont vous êtes si fière). « Ça va nous déverser de l'eau souillée en rigoles. » Il fait un inventaire des plantes qui agrémentent les abords du bassin. Des lauriers ? Mauvaise idée, ils vont perdre leurs feuilles qui vont s'engouffrer dans les skimmers. Un cactus ? Ça attire les bestioles qui elles aussi vont se nicher dans les skimmers. Un pin ? À votre avis, ses aiguilles vont où ? Timidement, pour ne pas l'agacer, vous répondez : « Peut-être dans les skimmers ? » Il acquiesce d'un hochement de menton. Bien. Vous possédez une fichue piscine mais au moins, vous êtes attentive.

Pendant qu'il poursuit son examen redoutable (pas de bouées qui flottent, pas de jouets en plastique gluants...), clouée à l'ombre du « maître piscinier », vous vous demandez avec perplexité si les skimmers n'ont pas été inventés rien que pour vous embêter et servir de dernière demeure à tout ce qui peuple un jardin.

L'idéal reste une piscine entre quatre murs. Avec un toit dessus. Et personne qui se baigne. Bref une piscine qu'on regarde.

Monsieur le Maître Piscinier se plante devant votre amour de piscine, pas trop près quand même – je le suspecte de ne pas aimer l'eau –, fait le relevé du taux de chlore, prescrit des produits, détecte une fissure, repère des algues, va jeter un œil à la pompe (qui forcément présente des signes inquiétants de lassitude), et toise le tout d'un œil d'autant plus torve qu'il ne l'a pas construite. Un peu comme le coiffeur qui, d'une main dégoûtée, soulève une mèche de vos cheveux et vous demande d'un air navré : « Qui vous a fait cette coupe ? » (Sous entendu : quel est le sagouin qui vous a tellement saccagée que, malgré tout mon talent, je ne vais rien pouvoir tirer de vos trois poils ?)

Les piscines des autres lui ont tellement posé de problèmes qu'il s'est mis à les détester. À tel point qu'il n'aime plus se baigner. Ça lui donne envie de vomir. Éric et moi tentons de remonter le moral du maître piscinier et, enfin détendu, il nous avoue que, dans une prochaine vie, il se recyclera. Ce dont il rêve depuis qu'il est petit, c'est vivre à la montagne. Habiter un chalet suisse et s'occuper de l'entretien des remonte-pentes. Je l'assure de notre entière compréhension. On ne contrarie pas un maître piscinier qui a du vague à l'âme.

Il promet qu'il repasse demain, revient trois semaines plus tard, justement le jour où vous êtes en train de plier bagages parce que les vacances sont finies, et vous jure de revoir tout ça pendant que vous ne serez pas là. À ce stade-là, il devient urgent de prendre en main vous-mêmes le destin de votre chère piscine.

Et un jour, vous tombez sur Baby-glouglou.

Baby-glouglou, c'est un robot. Un robot nettoyeur.

Je l'ai repéré dans un magazine spécial « piscine » (un magazine où il n'y a rien que des piscines : en cœur, en rochers, avec une plage en sable, bref, rien que des piscines comme vous n'en aurez jamais).

À ce propos d'ailleurs, je vous signale que le dernier cri, ce n'est plus la piscine en cœur mais en forme de canal ou de canalisation, genre égout. (Béton brut peint en gris souris). Une invite à la détente. Pour faire demi-tour dans votre couloir (avec contre-courant pour rendre l'exploit plus excitant), vous vous dévissez dans votre maillot de bains. Quand on aura inventé le crocodile affamé et la sangsue venimeuse en accessoires, ça sera carrément mortel, comme dit ma fille.

Mais revenons à Baby-glouglou.

Baby-glouglou est arrivé dans la famille pour la fête des pères. Remarquez combien on gâte toujours utilement les papas. Éric a fait semblant d'être ravi autant que je peux l'être quand il m'offre un fer à repasser pour la fête des Mères.

J'étais soulagée, j'avais trouvé une idée de cadeau originale. Les années précédentes, il avait hérité – faute d'imagination de ma part – d'une scie à métaux, d'un établi et de quelques engins plus électriques les uns que les autres. La bétonnière, pour Noël, reconnaissez, c'est quand même autre chose qu'une cravate avec des Mickey dessus.

On m'avait tellement fait l'éloge du fameux Baby-glouglou qu'à son arrivée au sein de notre famille, j'avoue que j'étais prête à l'adopter et à le chérir de tout mon cœur. Au point que je jurai que si nous divorcions un jour, Éric et moi, j'étais d'accord pour la garde alternée de ce nouvel enfant et que je ne revendiquerais pas de pension alimentaire.

Sa mise en route, même en suivant le mode d'emploi, nous a bien pris trois jours. Au début, toute la famille s'y est mise. Après tout, les enfants se retrouvaient avec un petit frère. (Beaucoup plus efficace qu'un ado à qui on demande un service.) Baby-glouglou s'est révélé un garçon très remarquable.

On le plongea dans l'eau et tout seul comme un grand, il se mit à grimper le long des parois grâce à ses ventouses, aspirant avec appétit toutes les mouches au passage, suçant les parois de notre chère piscine avec avidité. Opération assez troublante pour une mère de famille qui a toujours vu ses enfants chipoter devant leur assiette d'épinards. Avec entrain, il repartait dans l'autre sens, avalait d'une grande goulée une mèche de cheveux, aspirait une abeille agonisante, et gobait une miette de petit-beurre. Un petit coup de volant et hop ! obéissant, le glouton repart à la recherche d'une sauterelle en perdition. Le bonheur absolu.

Au début, on ne s'en lasse pas. Scotché au bord de la piscine, on le couve d'un regard attendri et quasi parental. Tout juste si on ne lui jette pas une bouée de peur qu'il se fatigue. Cette merveille qui ne rechigne pas à avaler des crottes de nez vous est forcément sympathique.

Le problème de Baby-glouglou, c'est qu'il est équipé d'un slip. Une sorte de filet à mailles très fines pour retenir toutes les cochonneries qu'il repère sur son passage, qu'il convient de nettoyer dès qu'il prend la tournure d'une couche-culotte. Un délice. Il ne vous reste qu'à le rejeter à l'eau avec son petit derrière bien nettoyé. Le tour est joué, votre fiston tout requinqué dans son petit slip propre repart le cœur léger à l'ouvrage.

Sauf qu'un jour son slip rend l'âme. Certes, on ne lui voyait pas les fesses au travers mais il semait toute sa précieuse récolte au passage. Là, je l'avoue, mon instinct maternel a flanché et, vu le prix du slip – cinq cents francs –, je l'ai pris en grippe. Dans un premier temps, vous vous proposez de le ravauder, mais finalement, le slip vous lâche, vous et votre piscine.

Voilà notre Baby-glouglou sans culotte qui attend par suite de rupture de stock. Toute la Côte d'Azur en quasi état de disette. Votre moral est au plus bas. Tous ces robots culs nus dans les piscines vous obsèdent. Enfin, à la livraison du fameux slip, Baby-glouglou se met à bouder. C'est son moteur maintenant qui soupire. Le voilà qui se met à virer sur lui-même comme un derviche tourneur – sûrement l'ivresse des profondeurs –, refuse de monter les pentes, renâcle dans le fond du grand bain. Faudrait le réparer. Oui mais où ? Chez le fabricant qui bien entendu est à l'autre bout de la France. Baby-glouglou est devenu un jouet encombrant. Il m'a trahie. Je ne l'aime plus.

Heureusement qu'il me reste un mari. Qui décide de prendre l'affaire en mains. À condition que le restant de la famille y mette du sien. Tout le monde jure collaboration, et soutien. Et se met à suivre le cours du chlore. (Le pH est à 22. Panique à bord.) On prend des notes, on calcule les kilos de sel. Trois jours plus tard, de bleue la piscine est passée à couleur eau de vaisselle, des bêbêtes font la planche à la surface et des moisissures verdâtres apparaissent dans les joints des mosaïques.

À signaler: un seul accessoire recueille les suffrages et les attentions de vos amis de passage, à savoir le thermomètre. Que chacun brandit à tour de rôle en clamant: « Merde, elle n'est qu'à 22°. Comment ça se fait? Vous nous aviez promis que l'eau était à 28° ? »

Le propriétaire de la piscine se sent alors indubitablement responsable. Pour vous justifier, vous affirmez que l'année dernière la température est même montée jusqu'à 31°, histoire de prouver que vous ne vous emmerdez quand même pas pour rien et qu'il ne faudrait pas critiquer votre bien que vous avez tant de mal à conserver en état de marche. Pour preuve, on appelle la météo à la rescousse pour se faire confirmer que demain sera meilleur.

Au bout du compte, une seule personne s'occupe de la piscine. Éric. Dès le matin, il scrute les marches de l'escalier et s'active à remplir des cuvettes de produits, délaye, passe l'aspirateur, lave la petite lingerie de Baby-glouglou, surveille d'un œil mauvais les malheureux qui auraient l'idée extravagante de se baigner, poursuit les bébés distraits qui laissent flotter leur canard (qui peuvent boucher les quoi?) ou compte les litres d'eau perdue quand cinq personnes lancent un concours de plongeons.

L'homme – croulant sous les responsabilités – devient alors un anxieux. Il rêve la nuit. Sa piscine déborde, sa piscine est asséchée, un troupeau de sangliers s'est noyé dans sa piscine, de valeureux ennemis sont venus subrepticement y faire pipi par pure jalousie, des algues mystérieuses et inconnues de tout le département ont squatté ses joints de carrelage, le prix du mètre cube d'eau est passé à trente-cinq francs, bref ses nuits sont très agitées et le matin il ne vous lâche pas d'un œil soupçonneux dès que vous approchez du bord.

Toute personne pourvue d'un maillot de bain est un ennemi en puissance. Lui, quand il se baigne, c'est par pure nécessité. Il ne dérange personne. On ne le voit pas en surface. Il pourrait se noyer qu'on ne découvrirait son absence qu'à l'heure du pastis.

Pendant que les autres sautent dans l'eau, par trois mètres de fond, il gratouille ses joints, à l'aide d'un couteau, centimètre par centimètre. Puis remonte quinze secondes histoire de respirer un coup, jetant un regard lourd de reproche sur les inconscients qui s'ébattent joyeusement dans « sa » piscine.

Évidemment, à force de dévisager ainsi les parois, il ne voit que des fissures partout, et quand il remonte alors que tout le monde rit et s'éclabousse à qui mieux mieux, il proclame la fin du monde. La fin des piscines qui vont s'éclater, s'exploser, se recouvrir de pourriture immonde.

Et quand il sort de chez lui, votre mari n'est pas plus serein parce qu'il se met à comparer les piscines des autres à la sienne. Il se fait du mal. Celle-ci est plus transparente, celle-ci est trop salée, celle-là pue le chlore à plein nez. Cette autre, il ne lui prédit pas longue vie.

Ne le critiquez pas, ne l'énervez pas. Vous n'en avez sûrement pas un deuxième sous la main. Achetez-lui de temps en temps un gadget, laissez-le vagabonder au supermarché entre les flacons antimoisissures et les paquets de « baisse pH » et surtout ne soyez pas avares de compliments. Il le mérite.

Un jour, il va même décider de vous faire participer. Ne soyez pas ingrate, souvenez-vous, vous êtes aussi mariés pour le pire.

Que vous demande-t-il ? Presque rien. Juste de l'aider en fixant des Spontex à vos pieds comme des patins à roulettes. Simple. Suffit de se maintenir au fond du bassin. Pour ce faire, vous vous débrouillez pour vider vos poumons et les rendre aussi plats qu'un porte-cartes. Ne protestez pas que vous n'avez rien de Muriel Hermine, il vous demande de participer, merde.

Hop, un coup de patin en avant et un en arrière. Le jeu peut paraître assez divertissant. Vous essayez de faire participer les enfants et les amis des enfants qui, tout compte fait, préfèrent vous sauter sur la tête.

De loin votre prestation peut faire penser à un ballet nautique. De près, si le facteur débarque, il va répandre dans tout le patelin la rumeur que la dame, elle est tellement timbrée qu'elle fait même le ménage au fond de l'eau.

Un dernier conseil : vous vous plaignez de ne pas arriver à vous faire de nouveaux amis en vacances ? Au lieu de traîner dans les boîtes de nuit et vous scotcher aux premiers voyous ensuqués d'alcool, plantez-vous dans une grande surface et discutez avec les messieurs qui stagnent devant les rayons « entretien piscine ».

Tous, absolument tous ont un message à vous délivrer. Un truc à eux. Faites votre choix : le monsieur en short et sandalettes, le papa bermuda et petite fille avec serre-tête (faut prendre le paquet), le monsieur qui a creusé lui-même avec un râteau la piscine pour ses petits-enfants (« sans ça, ils ne venaient jamais en vacances »), et le type qui vous invite à boire le pastis pour vous prouver que la sienne (de piscine) est plus grande que la vôtre. Deux heures après vous serez toujours là. Si vous voyez que la conversation faiblit, relancez-les sur le pour ou le contre de la couverture à bulles. Ils vous raconteront tous leurs expériences multiples, plus effarantes les unes que les autres. De l'histoire de la piscine qui a viré au noir « comme un lac », à celle de la famille qui a attrapé des pustules grosses comme des pièces de cinq francs (« ça débordait du maillot de ma femme, madame »...).

Un été, votre fille qui a quatorze ans passe les vacances avec vous. Ne soyez pas innocents au point d'imaginer que cette enfant s'estime gâtée, sous prétexte que vous avez réussi à force de courage et d'entêtement par posséder une maison accessoirisée d'une piscine.

« Et qu'est-ce que je vais faire, moi, tout l'été dans cette baraque ? On s'emmerde... » soupire cette malheureuse enfant.

Sous-entendu : il n'y a pas de garçons. Vous êtes des parents formidables, épatants mais vous n'avez pas encore réussi à construire une maison en plantant des adolescents imberbes et musicos dans le jardin. Non, ça ne pousse pas dans le coin. Même en arrosant. Vous le lui faites remarquer.

Elle le prend très mal. Ses copines ont beaucoup plus de chance. Pour les vacances, elles vont à Angoulême, à Michon-les-Mines ou à Brezy-sur-Trou où il y a plein, plein de garçons. Et elle, ici, elle est toute seule. Vous lui proposez d'inviter une copine.

Résultat : elles sont désormais deux à rabâcher face à la colline aux cyprès que votre coin adorable et tranquille, c'est un coin pourri sans garçons.

Alors le jour où vous remarquez que vos voisins les plus proches (qui sont très très proches puisque ni l'un ni l'autre n'avez encore eu les moyens d'installer une clôture décente pour vous isoler) sont pourvus de toute une ribambelle d'enfants, vous vous dites que peut-être le miracle va s'accomplir et qu'au milieu de cette portée il doit bien se trouver un ado du sexe masculin.

Vous n'êtes pas la seule à vous être fait cette réflexion, puisque vos deux adolescentes ont désormais une occupation : embusquées derrière un muret, elles passent leur temps à se tortiller en ricanant, observant le jeune imberbe qui, violet de timidité, est planté dans le jardin mitoyen à trois mètres du grillage. Les petites pouffent, et l'autre grand serin est prêt à attraper une insolation pour ne pas les louper.

Découvrant leur manège réciproque, avec générosité et un sens formidable de la convivialité, vous proposez : « Invitez-le, les filles. Il a l'air sympa. » Avouez que n'importe quel gorille ferait votre affaire, du moment que vos adolescentes cessent de radoter. « Qu'est-ce qu'on peut faire, on sait pas quoi faire »... Les voilà qui se tordent de rire de plus belle. Il n'est pas question qu'elles fassent le premier pas. « C'est ridicule, ça ne se fait pas », disent-elles en se trémoussant.

À vous d'entrer en action. Sinon, l'été prochain, dans les deux camps, ils auront pris racine. Avec grâce, vous hélez le jeune éphèbe et vous l'invitez à pénétrer sur votre territoire. Vous avez carrément l'air d'une vieille maquerelle en train de soulever un garçonnet. Il s'approche.

« Si vous voulez venir vous baigner dans la piscine, ça vous rafraîchira. » (Même à quatre mètres, il paraît bien moite, ce petit jeune homme.)

Bien sûr qu'il vient, le grand machin.

Les filles continuent à faire leurs timides. Mais on aura la paix tout l'été. Les deux seront amoureuses de lui. Lui amoureux des deux et ça occupera tout le monde.

Surtout nous, les parents. Parce que le jeune homme n'est pas égoïste. Dès le deuxième jour, serviettes sur l'épaule, toute la portée est arrivée derrière lui.

Avec les copains-copines de ses frères et sœurs.

Huit en tout. De quatorze à trois ans.

Qui sautent dans la piscine. Qui hurlent. Qui jettent leurs miettes de petits-beurre dans votre eau sacrée. Qui courent avec leurs pieds pleins de terre. Vous vous sentez capables, vous, de retourner à leurs parents toute une nichée qui n'a pas de piscine alors que vous êtes des privilégiés ? En tout cas, pas nous.

Comme dira ma fille, à la fin des vacances : « C'est dommage qu'il y ait tant de monde dans cette piscine. Finalement, j'aimais mieux quand on n'avait pas de maison et qu'on allait à l'hôtel. » Merci, chérie.

Comment survivre à un orage d'été

Éric a attaqué la plomberie à l'intérieur de la maison. Une entreprise quasi titanesque pour un néophyte. Et très impressionnante.

Comment tout cet enchevêtrement de tubes va-t-il accepter de véhiculer de l'eau un jour sans rechigner ? Et s'il se produit des fuites quand les plaques de placoplâtre seront définitivement posées ? Je sens que ce n'est pas le moment de poser des questions. D'autant que mon plombier semble, lui aussi, très angoissé.

Un peu culpabilisée par mon inutilité en cette affaire, je décide de m'atteler en solo à un travail qui ne demande aucune qualification. À savoir, le transport de seaux de terre. Il est temps de penser à ce qui sera un jardin.

Il s'agit tout d'abord de déblayer les abords de la maison. Pour l'instant, c'est encore un chantier d'où émergent des parpaings oubliés, des boîtes de bière, des emballages en polystyrène qui se sont dispersés sous le mistral et de vieux bouts de tuyau et de barres de fer rouillé. Le terrain s'est peu à peu civilisé. Force est de constater, pourtant, que si la montagne est belle (surtout vue de loin), le sol n'offre pas la fertilité beauceronne. Rien que de la caillasse où le moindre outil se casse les dents. Il va falloir revoir mes ambitions à la baisse. À moins d'apporter de la bonne terre.

Normalement, un maître « paysagiste » vous règle le problème en deux camions et trois mouvements (avec un peu de sous en échange). J'ai vu ainsi chez l'un de mes voisins apparaître, en un après-midi, sous mes yeux envieux et stupéfaits, tel un mirage au milieu du Sahara, un gazon de quatre cents mètres carrés bien verts, ponctués de quelques palmiers centenaires et de bougainvillées (déjà tout fleuris). La vie est trop injuste. Depuis, j'avoue, je me suis surprise à la nuit tombante à errer le long de la propriété pour entr'apercevoir cette merveille et guetter les moindres indices qui pourraient apaiser ma jalousie (les lavandes ne sont-elles pas là en train de s'ébouriffer d'une drôle de manière ?)

Il faut donc que je me lance.

J'ai pris mon crayon et j'ai fait mes plans. J'ai dessiné mes murets, mes rocailles, j'ai feuilleté des dizaines de catalogues d'où j'ai découpé des merveilles. Des dégoulinades de fleurs, des tapis de campanules violettes qui s'échappent de trois pierres comme si c'était naturel. Et j'ai dû convenir qu'à moins d'apporter de la vraie terre, jamais toutes ces merveilles ne daigneraient pousser dans mes rocailles. J'ai donc fait venir quatre tonnes de bonne terre. Un camion les a déversées en haut, à l'entrée de la maison, juste devant le garage. Un beau gros tas, appétissant comme une pyramide de chocolat en poudre.

Et mon œuvre a commencé : descendre cinquante mètres plus bas, seau par seau, ces quatre tonnes de terre. Un dans chaque main, en équilibre, pour affronter les soixante-quinze marches de l'escalier. Pas d'autre solution. Aucun engin n'a accès par le bas du terrain. Il fait chaud. 48° au soleil. Mais quand on se sent utile les seaux paraissent moins lourds. De toute façon, qui accepterait de faire ce travail à ma place ?

Vittorio, de son côté, monte des murets qui prendront le joli nom de « restanques ». Avec des pierres qu'il va chercher une à une, lui aussi, tout en haut du futur jardin. On se croise, on s'encourage mutuellement. Vittorio me promet une vieillesse dorée. « Quand votre mari aura fini la plomberie, l'électricité, les plâtres, les peintures, et le reste, il vous construira un monte-charge avec une petite chaise et vous m'inviterez le dimanche pour faire un petit tour. »

En contrebas, au bord de la piscine, quelques copains s'acharnent à dilapider leur capital soleil. Bien sûr qu'ils m'ont proposé leur aide. Assez mollement, il faut le reconnaître, mais après tout, ces gens sont en vacances et ne sont pas obligés d'assumer nos folies. N'empêche qu'il m'arrive de leur jeter au passage un sale œil, sous ma frange collée par le labeur. Même qu'à la première tonne, il me vient de vilaines pensées : quand tout sera fini, je ne veux plus personne chez moi...

J'ai une pensée émue et des bouffées d'admiration pour les pauvres types qui ont construit les pyramides et pour ceux qui ont poussé les menhirs. Moi au moins, j'échappe au fouet et après tout, je l'ai décidé toute seule. Bref, je philosophe sur ma condition de porteuse de seau.

Un moment, histoire de reprendre mon souffle, je m'arrête, grille une clope et contemple ma pyramide qui à vue d'œil ne diminue pas franchement.

Au-dessus de ma tête, le ciel est indigo. Pas le moindre petit nuage. Et tout à coup je me pose des questions : qu'adviendrait-il de mon précieux tas de terre s'il se mettait à pleuvoir ? Comme je suis d'un naturel plutôt pessimiste, je pense quelques secondes à faire partager mon doute à Éric mais pourquoi l'interrompre dans son tête-à-tête avec les tuyaux ? Prévoyant comme il est, il a bien déjà dû envisager le problème. Il est tellement fort, mon héros. Je ne vais pas le déranger avec mes questions stupides.

Je reprends mes seaux. Après tout, il ne me reste que trois tonnes et quelques grammes à descendre et Hercule ne s'est pas fait lobotomiser pour venir à bout de ses douze travaux. Non ?

Le soir, je me couche avec le sentiment du travail accompli. Et toute la nuit, je suis poursuivie par un rêve délicieux : je fais couler entre mes doigts de fée une merveilleuse terre riche en calories et en vitamines d'où surgissent carrément des myriades de fleurs. Comme dans les catalogues des pépiniéristes.

Nous sommes tellement assommés par la fatigue que l'un comme l'autre nous dormons comme des loirs. Aucun bruit ne peut nous réveiller. Même pas le terrible orage qui s'est arrêté au-dessus de la colline.

Et le matin, quand nous nous levons, c'est la surprise. Quand nous entrons dans la salle de bains, située sous le garage, l'effet est étonnant.

La cuvette des toilettes, la douche, la baignoire, les placards où sont rangés draps et serviettes, le carrelage, tout est recouvert d'une couche marron. La salle de bains a pris des airs de poire Belle Hélène nappée au chocolat.

Nous restons interdits quelques secondes, le temps de comprendre ce qui s'est passé : l'orage a déversé des torrents d'eau qui ont entraîné ma jolie pyramide poudreuse. Celle-ci a fondu, s'est liquéfiée en rigoles qui se sont infiltrées d'abord dans le garage puis ont traversé le sol et sont gentiment venues se déposer à l'intérieur de la maison.

Le spectacle est monstrueux. La salle de bains... Notre salle de bains. La première pièce complètement achevée. La seule pièce que nous pouvions exhiber avec fierté en énonçant quand nous ouvrions la porte d'un air superbe : « Et voilà... la salle de bains ». Nos visiteurs, bien entendu, même les moins éveillés, réalisaient sans effort, en apercevant le bidet qu'ils n'avaient pas affaire à un boudoir. Mais dans les autres pièces, il fallait tout expliquer dans le genre « là ça sera une chambre », ou « là, ça sera un placard ». Imaginez notre désespoir devant le spectacle.

Le moment est intense. Saisi de stupeur, Éric reste planté sur le seuil. Peut-être va-t-il carrément se mettre à pleurer ?

Dans un murmure, il lâche, au bout de lui-même : « Ça, c'est la goutte en trop. » (Il n'est pas dans ses intentions de me faire rire, je le vois bien.)

Cet homme va s'écrouler. Je le sens.

Il dit : « Je crois qu'il faut qu'on vende cette maison. Je n'en peux plus. »

Je dis : « Oui, quand elle sera nettoyée. »

Un silence terrible plane sur la salle de bains.

Qui de nous deux va craquer le premier ? Visiblement mon héros ne supporte pas ce dernier coup du sort. Sa maison est devenue son enfer. Elle lui joue trop de tours.

Je le pousse dehors, lui rappelle qu'il était en train de faire une soudure. Il sort avec l'énergie d'un ectoplasme. Je referme la porte, empoigne un seau, une serpillière et entreprends le nettoyage. Il me prendra trois jours. Huit machines à laver le linge.

Entre-temps, Éric est devenu autiste. Il ne s'en remet pas. À moi donc de m'en remettre. Question de bon sens. Comme pour l'éducation des enfants : quand l'un des parents craque, excédé, il faut bien que l'autre prenne le relais à moins de caser immédiatement sa progéniture à la DASS pour être définitivement soulagé.

Le principe du couple, ce n'est pas comme dit M. de Saint-Exupéry de « regarder dans le même sens ». C'est prendre la relève quand l'autre n'a qu'une envie : celle de se tirer pour oublier.

Éric a continué sa plomberie. J'ai attendu que la parole lui soit restituée. Et nous avons commandé trois nouvelles tonnes de belle terre. Ramsès II a-t-il arrêté la construction d'Abou-Simbel sous prétexte qu'il avait eu une contrariété ?

L'art d'être voisin

L'île déserte reste évidemment un fantasme pour tout le monde. Pas d'importuns pour vous imposer leur conception de l'esthétique (« ici, les volets sont rouge foncé. On respecte la tradition »). Pas de gêneur qui, sous prétexte de vous dire bonjour, reste deux heures accroché à votre portail parce qu'il a le spleen depuis qu'il a quitté Paris (« Dans deux ans, vous êtes comme moi, un homme mort. Ici, c'est tous des crétins »).

Le problème avec l'île déserte c'est qu'elle est désertée également par l'électricité, le gaz, la banque, la poste et même par les magasins de bricolage et le permis de construire.

Restent donc les endroits possibles. Et autorisés. Et si c'est autorisé, vous n'êtes pas tout seuls. Je précise cette lapalissade à l'attention des gens de passage qui se plantent chez vous devant le paysage, mains sur les hanches, regard circulaire sur les alentours et déclarent face aux éléments d'un air condescendant : « Pas mal. Dommage qu'il y ait des voisins. »

Agaçant. Exaspérant. Vexant. D'autant que – soyons honnêtes – vous aussi, dans un premier temps, vous auriez également décimé tous ces voisins dont vous regrettiez fortement la présence.

Dans un premier temps (et surtout avant de les croiser plus intimement), vous êtes même allés jusqu'à faire le compte de ceux qui, vu leur âge, n'allaient sûrement pas faire de l'usage longtemps. Et petit à petit, vous vous y êtes attachés. Même qu'ils vous manqueraient si le destin les emportait plus loin.

Mais attention, le commerce du bon voisinage comporte quelques règles.

En voici le mode d'emploi :

• Ne pas gâcher les privilèges qu'ils avaient jusqu'à votre arrivée. (Tailler vos mimosas dont vous êtes si fiers mais qui font de l'ombre sur leur chaise longue l'hiver. Même si vous avez dûment constaté qu'ils ne sortent jamais leur chaise longue passé octobre.)

• Pratiquer l'échange courtois de cacahuètes et apéritif régulièrement.

• Vous congratuler mutuellement sur l'état respectif de vos maisons. Même si vos goûts sont fondamentalement divergents. (L'exercice délicat consistant à s'extasier sur leur carrelage que vous trouvez hideux tout en tenant bon sur celui que vous avez choisi de poser. Alors qu'ils insistent en vous donnant les coordonnées du vendeur et les tarifs pour que vous choisissiez le même.)

• Vous raconter à la veillée toutes vos avanies de constructeurs téméraires. Et clore la soirée, d'un valeureux : « Ça serait à refaire, on le referait quand même. » Exemple : « Pendant un orage, un torrent de boue a traversé le patio, emportant les bacs à géraniums », donne des frissons rétrospectifs à tout un auditoire qui a et un patio et des géraniums déclenchant une compassion et un sentiment de solidarité qui cimentent le bon voisinage.

En échange de ces efforts dérisoires, il vous sera beaucoup rendu :

• Ils arrosent le jardin quand vous n'êtes pas là.

• Ils surveillent votre maison en votre absence. Certains se sentent tellement investis de leur mission qu'ils restent embusqués à leur fenêtre et si votre fils, de passage dans la région, passe reprendre une veste qu'il a oubliée l'été dernier, ils lui tirent dessus sans sommation.

• Ils remontent votre moral en berne quand les ennuis vous accablent. Eux aussi ont dû affronter le tempérament ombrageux et capricieux des artisans du coin. Ils tiennent à votre disposition la liste noire du menuisier nonchalant, du plombier menteur (de ceux qui promettent et ne viennent jamais) et des voyous (qui se mettent en faillite avant la fin de vos travaux et remontent immédiatement une autre entreprise avec vos sous).

• Ils vous proposent une tonne de sable comme s'ils vous offraient un restant de blanquette. Ils vous prêtent des brouettes, des bétonneuses ou une ponceuse parce qu'« on sait ce que c'est ».

• Ils vous donnent des coups de main et des conseils précieux dans la bonne humeur : on peut passer un après-midi entier, une tasse de café poussant l'autre, debout dans l'entrée à ausculter le plafond en cherchant comment poser un éventuel interrupteur. Chacun donne son avis. On a le temps devant soi.

« Au stade où en est notre maison, ce n'est pas très important, faites-vous remarquer, pragmatique, à votre voisin qui se creuse la tête pour trouver une solution. On n'a pas le plafond, et les murs ne sont pas finis.

— Et alors ? répond-il, charitable. À deux, on réfléchit mieux. »

Et puis on découvre des gens qu'on n'aurait jamais fréquentés autrement. Des amours. Des gens si gentils que vous aviez oublié que ça existait.

Quand vous les avez invités à visiter votre chantier-taudis, ils ont pu constater que vous dormiez par terre sur un matelas et que vous vous laviez en plein air au milieu des gravats grâce un tuyau d'arrosage (en gardant la culotte pour ne pas perturber le voisinage). Alors, tout simplement, et parce que vous leur faites de la peine, ils vous ont proposé – en attendant – d'occuper le studio qu'ils ont aménagé pour leurs enfants.

Bien sûr, certains voisins ont des comportements douteux. Ceux qui viennent vous piquer deux parpaings toutes les nuits, ceux qui ont décrété urinoir pour leur chihuahua le tas de sable qui alimente la bétonneuse, parce que la construction de votre maison les perturbe. Ceux qui viennent la visiter pendant que vous n'êtes pas là (avouez que vous en avez fait autant). Ceux qui toisent d'un œil critique vos plantations et parient que ça ne poussera jamais (merde ça pousse) et ceux qui vous promettent rien que des pépins. (Que vous aurez, plus d'autres auxquels, par distraction, ils n'avaient pas songé).

Qu'importe. Imaginez que vous n'ayez aucun voisin. À qui pourriez-vous affirmer sans prendre le risque d'être contredit que rien ne vaut cet endroit que vous avez élu ?

Comment se fâcher avec ses amis

Innocente, vous invitez vos copains à passer vous voir. Pour être exact, vous n'avez qu'une envie : leur montrer combien votre maison est merveilleuse. Comme elle a bien grandi grâce à vos soins attentifs. Vous vous préparez en toute modestie à crouler sous les bravos.

Un conseil : restez stoïque. Vos amis doivent absolument rester vos amis. Vous avez suffisamment de soucis avec votre maison sans, en plus, vous retrouver à croupir dans la solitude. Restez calme, écoutez avec bienveillance et bonne humeur leurs commentaires et leurs suggestions pertinentes :

• À part les terrasses, c'est tout ce que vous avez fait depuis la dernière fois qu'on est venu ?

• C'est simple : vous abattez deux murs, vous rehaussez le plafond et là vous avez un espace magnifique.

• Et à part vos travaux, vous faites quoi cet été ?

• J'ai des copains qui ont fait le même genre de baraque mais ça leur a coûté moitié prix, ils ont trouvé des ouvriers pas chers et géniaux.

• Si tu fais le calcul, t'en loues une comme ça et au finish ça te revient beaucoup moins cher.

• Pour un carrelage comme ça, j'avais tous les prix que tu voulais, t'aurais dû m'en parler.

• Dans un an, tes volets roulants, ils ne fonctionnent plus.

• À votre place, j'aurais mis la porte de l'autre côté.

• Une pompe, ça ne marche jamais. Au premier orage, c'est l'inondation.

• Vous ne la revendrez jamais au prix auquel elle vous est revenue.

• Le jardin aurait été mieux en haut.

• Elle est superbe, la maison de vos voisins. C'est une comme ça que je voudrais.

• Je pensais que c'était fini, depuis le temps que vous y êtes et que vous en parlez.

• Vous n'auriez pas préféré retaper un petit mas ?

• T'aurais carrément dû changer toute la terre. Ça ne poussera jamais.

• Mon beau-frère a fait construire la même en six mois.

• T'as pas eu de problème avec le permis de construire ? Bizarre.

• Avec des portes comme ça, dans trois mois vous êtes cambriolés.

• Vous auriez tourné la maison dans l'autre sens, vous aviez la vue sur la montagne. Nous, on n'aime pas la mer.

• La piscine, je suis contre : mon petit-neveu s'est noyé l'année dernière.

• Moi, je commencerais par ôter les gravats dehors.

• À ta place, je rase les mimosas et je plante des gros palmiers. Ne les prends pas trop petits, à l'âge que tu as, tu ne verras que des plumeaux.

• Ils vous ont laissé construire ça ? T'as du piston ?

• Quand tu seras paraplégique, comment tu feras avec tous les escaliers ?

• C'est bien comme maison mais c'est pas mon genre.

• Mes parents avaient la même. On la leur a fait revendre.

• Pourquoi c'est pas provençal ?

• Le provençal, ça me fait gerber.

• J'aurais mis une cheminée par pièce. Et j'aurais supprimé les radiateurs. En dessous de Lyon, le radiateur devrait être interdit.

• Tu ponces, t'aspires, un petit coup de blanc, en un après-midi, t'as des murs sympa. En Grèce, ils font comme ça et c'est épatant.

• Tu sais une restanque, c'est rien à faire, t'empiles les cailloux, ça tient tout seul et en plus ça s'intègre au paysage.

• Vous n'avez pas trouvé un petit artisan sympa ? Y en a plein à côté de chez ma belle-mère à Lille qui ne demandent qu'à bosser.

• Une maison sans persil devant la cuisine, c'est pas une maison.

• Vous savez que vous êtes dans une région sismique ?

Les héroïnes de l'ombre

Si quelques heureux privilégiés se retrouvent propriétaires de maison sans avoir mis la main à la pâte, la grande majorité d'entre nous ne doit compter que sur sa volonté, et sa ténacité.

C'est dans de telles aventures que le couple trouve sa raison d'exister. Un homme qui entreprendrait de retaper ou d'aménager son terrier sans s'être équipé d'une conjointe zélée serait un inconscient.

Toutes les femmes ne savent pas tenir un marteau ni enduire un mur, certes. Encore que les temps changent : aujourd'hui, les femmes qui errent dans les rayons des grandes surfaces de bricolage ne sont pas à la recherche d'un pinceau pour se mettre du blush.

Si nous nous révélons, dans l'ensemble, moins compétentes dans les travaux pénibles de bricolage, il me semble malgré tout indispensable que nous fassions acte de présence à leurs côtés. Un homme qui se bat contre (et pour) une soudure est un homme qui a besoin de soutien. Même s'il n'est que moral. Honte à la femme qui râle et pleurniche pendant que son mari repeint la maison : « Il me salit tout et si ça dure quinze jours, je ne supporte pas. » Bien délicate personne qui ne mérite pas qu'on lui retape son clapier.

Pourtant certaines épouses accèdent au rang d'héroïnes. Et discrètes, en plus. Elles ne revendiquent aucun titre de gloire. Quand elles évoquent les travaux exécutés dans leur maison, elles disent fièrement : « C'est lui qui a tout fait. Moi j'ai aidé un peu. »

Aidé. Voilà un mot bien flou. Se sont-elles contentées de lui beurrer ses tartines à l'heure de la pause-café ? « Si l'homme construit, sa femme doit pouvoir au moins pousser la brouette », *dixit* Vittorio, notre ami maçon.

Ainsi, dans les débuts de la construction de notre maison, j'étais intriguée et fascinée chaque fois que je passais devant une des maisons voisines.

Imaginez une petite dame blonde, au brushing impeccable version Dallas, aux ongles laqués de frais, grimpée sur une échelle et s'affrontant vaillamment à la roche. Habillée comme on sait le faire sous le soleil (à Paris, on se vêt en gris chaisière et plus on ressemble à une nonne ou à un bouddha zen, plus on est branché). Ici on donne plutôt dans la frange dorée, la mousseline voltigeante, les paillettes et le décolleté dévergondé sous macramé noir. Et ma petite dame blonde ne baissait pas les bras côté élégance sous prétexte qu'elle s'attaquait à une besogne titanesque.

Que fait-elle ? Sur son échelle (à cinq mètres du sol, tout de même), quasiment cramponnée au rocher qui fait face à son garage, elle a pour objectif de faire reculer la roche de quelque quinze centimètres pour que son mari puisse tourner le volant d'un doigt désinvolte quand il sort la voiture.

Pourquoi le garage n'a-t-il pas été construit plus loin ? Parce que l'entrepreneur n'a pas prévu qu'un garage pouvait servir éventuellement à y ranger une voiture. Alors elle a décidé de faire reculer l'obstacle. Ce n'est tout de même pas une montagne qui va l'arrêter. Et chaque jour que Dieu fait, à l'aide d'un burin et d'un marteau, elle se mesure à la paroi.

La petite dame aux ongles laqués arrivera-t-elle à ses fins ? Oui, elle y est arrivée. En six mois. Tous les jours, centimètre après centimètre, elle a gagné du terrain sur la nature hostile (et surtout sur l'entrepreneur distrait).

Sisyphe en poussant son rocher a gagné la postérité. Pourtant, il n'a rien obtenu de définitif. La petite dame blonde en mérite largement autant.

Quelques centaines de mètres plus loin. Un couple habite là depuis vingt ans. Monsieur a réalisé lui-même tous les travaux intérieurs. Madame sourit timidement : « Mon mari a tout fait. Moi, je ne suis pas bricoleuse. » Aujourd'hui, vêtus de joggings blancs impeccables, allongés dans leur rocking-chair sur leur terrasse, ils font penser à de bienheureux retraités ayant gagné au Loto.

Leur jardin est une merveille. Tout pousse, dégueule, enjambe les roches, s'étale en coussins de toutes les couleurs, s'ébouriffe au-dessus des murets comme si la nature avait décidé d'elle-même de s'y installer. Chaque touffe semble être née là, en toute spontanéité, au milieu « d'accidents de terrain ».

Pourtant, la vérité est tout autre. Pendant cinq ans, cette dame, tous les jours, s'est rendue dans la montagne voisine, a soulevé des blocs de roche (en triant précisément les couleurs du brun au rouge Vésuve), les a enfournés dans le coffre de sa voiture puis les a transportés jusqu'à son terrain pour y aménager des restanques.

Aujourd'hui, les promeneurs s'arrêtent, jettent un œil par-dessus la barrière et s'extasient : « Oh quel joli jardin ! Pourtant, c'est pas les cailloux qui manquent. »

La petite dame dans sa chaise longue en jogging blanc et boucles blondes, écoute, sourit, se souvient de tous ces voyages pour rapporter quelques « cailloux ». Qui semblent être tombés du ciel.

Déménagez-moi

Savez-vous quel est le cadeau capable de combler une femme ? Après s'être penchés sur le problème – et après enquête – les magazines féminins sont tous arrivés à la même conclusion : un voyage-surprise. Qu'il s'agisse d'un week-end à Marrakech, à Ibiza ou, à la rigueur, à Zuydcoote (qui peut faire l'affaire pour les moins tyranniques d'entre nous). Mais, comme son nom l'indique, il faut que ce soit une surprise. Une vraie, c'est-à-dire que nous ne voulons pas connaître le prix du billet d'avion. Juste la date (de préférence le matin où on s'est lavé les cheveux). On part les mains dans les poches. Pas de valise à faire, pas de vieux sac à trimballer. Rien. Sur place, on achète brosse à dents et maillot de bains. À Zuydcoote, on trouvera forcément des moufles. Ce désir de légèreté en dit long sur ce que nous pensons d'un déménagement.

Même si vous êtes une personne tout à fait raisonnable, avouez que l'idée d'aménager une deuxième maison avec les restes de la première n'est pas très excitante.

Tout ça par la faute des « vide-greniers ». Ces endroits qui pullulent dans toutes les villes de France et qui donnent la sensation exaltante de faire des « affaires ». Pourtant, il faut posséder un capital bonne humeur inaltérable pour prendre du plaisir à circuler au milieu de slips qui comportent plus de trous que de dentelles, de cendriers Martini ébréchés (quinze francs tout de même), de lacets de chaussures de montagne ou d'œuvres impérissables comme *L'Encyclopédie du bouchon de carafe* (trois volumes, quinze kilos). Bizarrement, on n'en revient jamais les mains vides. Le vide-greniers porte mal son nom. En fait c'est plutôt un « récupère-poubelles ». Tout le monde s'y met. Du plus fauché qui échange son vieil arrosoir en fer-blanc percé contre deux billets de cent francs à la bourgeoise qui tente de refourguer cette ravissante paire de castagnettes rapportées de la Costa Brava en 1958 dont même sa femme de ménage a refusé de s'encombrer.

Alors, au moment du déménagement fatal, dans un éclair de lucidité, vous commencez par faire un inventaire. Pathétique. Êtes-vous vraiment condamnée à envelopper, transporter, et ranger ces verres tout ébréchés, ces immondes torchons qui devaient finir en chiffons, ces draps à fleurettes que vous haïssez et même, tiens, cette lampe affreuse sous le prétexte qu'après tout « en attendant on sera bien contents de voir clair » ? (*Dixit* tout haut votre mari et tout bas votre relevé de banque.) En attendant. Le grand mot est lâché. C'est vrai que vous avez d'autres dépenses plus urgentes que l'achat d'un abat-jour et que vous serez bien contente de retrouver vos vieilles casseroles et même ces rideaux que vous vomissez plutôt que rien.

Comme vous êtes fauchés, vous ne faites pas appel à un déménageur. Trop cher.

Prête à tout pour ne pas participer à cette aventure (à laquelle j'ai déjà collaboré plusieurs fois), je laisse traîner sous les yeux d'Éric les petites annonces de *Libération*, plus allumeuses les unes que les autres où de « joyeux » déménageurs proposent leurs services à des prix incroyablement avantageux. Tellement incroyables d'ailleurs qu'Éric me fait remarquer qu'à ce tarif-là, ils partent probablement avec les meubles. Définitivement.

D'aillcurs, il a déjà calculé que si nous effectuons tout nous-mêmes, grâce à l'économie réalisée j'aurai la chance (éventuellement, c'est pas sûr, faut vérifier) d'hériter d'une ouverture automatique pour la porte du garage (ce dont je me fiche complètement parce que je ne saurai jamais où j'ai posé la télécommande).

Je plaide : toutes mes copines ont pris un déménageur qui leur a tout plié y compris leurs petites culottes dans de merveilleux cartons classés par ordre alphabétique. Alors pourquoi moi, toute ma vie, je vais devoir porter des machines à laver à bout de bras ? Hein ? Suis-je moins qu'une autre ? Je veux moi aussi être une vraie femme. Une faible femme. Délicate. Que l'on ménage. Mes arguments n'ont l'heur d'apitoyer personne. Aurai-je par hasard l'allure d'un camionneur ?

Je me souviens de cette copine avisée qui avait fait appel à ses relations les plus musclées. Et j'avoue avoir été assez épatée par son savoir-faire.

Pendant que nous montions les quatre étages de son immeuble, ployant sous le poids des commodes, cuisinière et caisses diverses, elle nous attendait sur le palier, telle la gardienne du phare, puis indiquait, d'un geste amical mais sans réplique, l'endroit où poser le chargement que nous avions sur le dos (« attention, vous allez rayer le mur »).

Le temps de vider le camion, de monter, de descendre, de remonter, elle, sereinement, commençait à ouvrir ses petites caisses, disposait les cadres sur les commodes, rangeait ses petites cuillers dans ses tiroirs et étalait ses plaids sur les canapés comme s'ils étaient là depuis la renaissance italienne. Le soir même, à l'ombre des lampes déjà joliment allumées et sous l'œil ébloui de son mari, elle déclarait : « Je ne supporte pas les déménagements, il faut que tout soit réinstallé très vite. »

Pourquoi une telle injustice ? Que n'ai-je donc ce talent ? Suis-je trop moche ? Trop vieille ? Pas assez liposucée ? Trop stupide ? Trop rien du tout pour ne pas mériter tous ces égards ? (Ou mon conjoint est-il moins cornichon que le sien ?)

Il me revient des souvenirs extrêmement irritants. Les Tronchon, nos copains, c'est bien nous qui les avions aidés à déménager l'année dernière ? Même que nous avions dû scier leur lit en deux et le recoller pour qu'il daigne franchir la porte (et surtout qu'eux ne squattent plus chez nous). Pourquoi alors nous retrouvons-nous comme deux crétins à déménager tous seuls ?

Prise d'une morgue vengeresse, j'en veux soudain à la terre entière. Telle Bugs Bunny réalisant qu'il doit sauter au-dessus d'un ravin, je me mets à freiner à l'approche du jour fatidique. Je résiste. Je suis la femme la plus malheureuse du monde. À aucune créature au monde, on ne demande autant qu'à moi.

Éric me jure que je n'aurai pas à porter de frigo dans un escalier. Ce garçon joue gentiment sur les mots. L'escalier n'est pas terminé. On voit au travers. Il va falloir tout descendre directement par-dessus des rochers, ce qui relève de l'exploit sportif.

Dans un esprit de rétorsion, le jour du déménagement, au départ de Paris, sur le trottoir, je sors un fauteuil, m'y cale les fesses, et je décide de me contenter, moi aussi, de surveiller les allées et venues de ma famille. Un enchantement de voir tout ce monde (le père et les enfants), des cartons pleins les bras, s'agiter avec la ferme intention de me culpabiliser. Scandalisés par mon attitude, ils se sont tous ligués contre moi. On ne me demande rien. Mais, avec l'autorité d'un aiguilleur du ciel, d'un coup d'œil, j'autorise ou non les caisses à monter dans le camion. Pour une fois que j'exerce mon autorité, il paraît que je suis pathétique.

Arrive tout un service en Arcopal. Noir. Années 1970. L'idée d'installer ces horreurs sur les étagères de ma nouvelle maison chérie me fait bondir de mon fauteuil. À mort, le service quarante-quatre pièces. L'énergie qui tout à coup me ranime réjouit ma famille pas franchement rodée à ma sérénité.

Prêts à jouer, enfants et mari se précipitent. Deux camps, munis de vingt-deux pièces de vaisselle chacun, s'affrontent. Victoire à l'exterminateur du plus grand nombre d'éléments. Et nous voilà lançant sur le sol en béton comme des balles de ping-pong assiettes, soucoupes et autres, qui rebondissent et ne s'ébrèchent même pas. La bataille est rude.

Sans huissier pour constater l'invincibilité des produits Arcopal, nous nous offrons une heure de pur défoulement.

Ouf ! mon fils aîné réussit enfin – au prix d'un lancer redoutable – à faire sauter l'anse d'une tasse. Victoire. Même s'il en reste encore onze intactes. Nous envisageons cet été un concours pour meubler les soirées creuses.

Deux ans plus tard, les tasses sont toujours là. Coriaces. Elles ont résisté au déménagement. Moi pas.

Toc, toc, voilà l'authentique

Récemment, ma fille m'a appris qu'on ne doit plus parler de « races ». Ou alors seulement à propos des chiens ou des pingouins. Les humains se répartissent aujourd'hui seulement en ethnies.

S'il suffisait de changer de vocabulaire pour éradiquer l'allergie entre les gens aux couleurs de peau différentes, le problème serait vite résolu. Je voudrais bien d'ailleurs qu'on m'explique (ma fille n'y arrive pas) en quoi le mot « noir » est plus péjoratif que celui de « black » ? Tout comme il paraît beaucoup plus raffiné à certains de proférer un « shit » que de lâcher un « merde » trop communément évocateur.

De la même façon, aujourd'hui, est apparue une nouvelle « ethnie » qui ne figure pas encore sur les cartes des manuels de géopolitique : les « vrais gens ».

Un nouveau mot qui dégouline avec onctuosité de la bouche de nos hommes politiques. Ainsi veulent-ils nous prouver qu'ils ont su garder le contact avec leurs racines, et qu'en dépit de leur intense activité intellectuelle et de leurs obligations mondaines, ils savent encore écouter la voix sage de ceux à qui justement on ne donne pas la parole.

Qui sont les « vrais gens » ? Tout un petit monde qui grouille, pense juste et bien sans qu'on le voie jamais à la télé ni dans les médias. On ne sait pas très bien qui sont les « faux gens ». Les autres probablement. Ceux qui passent à la télé.

Vrai/faux. L'époque tient absolument à faire le tri.

Question de morale. On se réclame de « valeurs » alors qu'il n'y en a jamais eu aussi peu. De là, la recherche absolue de l'authentique. Qui déteint sur tout, y compris dans nos maisons et la vie qu'on est censé y mener. Et qui se traduit par un : « c'est vieux donc c'est beau ».

En ce presque début de troisième millénaire où nous eussions dû nous métamorphoser dès le 1er janvier de l'an 2000 en humanoïdes grignotant des pilules à base d'algues dans notre station orbitale, il est curieux de constater que nos fantasmes les plus audacieux se résument à une blanquette comme en faisait mémé le dimanche midi et une fermette à retaper dans le Sud-Est. L'homme (et sa compagne par intermittence, la femme) est bien décevant. Pour preuve : avez-vous déjà observé la fierté du citadin propriétaire d'une cheminée ? Merveille des merveilles : « Elle marche. » Cet enthousiasme est d'autant plus troublant qu'on croit bien se souvenir que le chauffage central a été inventé depuis quelques décennies.

Les fantasmes vont tous dans ce sens. Il nous faut du rude, du patiné, du rassurant : un vrai village avec clocher, du lin froissouillé, de la poutre décapée et de la tommette (même fausse, elle est « rustique »). Telle vedette ne se vante-t-elle pas d'avoir elle-même poncé les parquets de sa nouvelle maison pour leur redonner le bel et authentique aspect du brut, échardes comprises ? Jusqu'à la cuisine qui doit être « de terroir ». Même en provenance du rayon surgelés.

Ce qui au bout du compte, donne des situations abracadabrantes du côté des maisons, par exemple... Des faux mas, de fausses bastides, des soi-disant fermettes beauceronnes, des ex-ateliers de forgeron recyclés en lofts (pauvre forgeron qui aurait tellement aimé habiter un vrai logis), le moulin (qui ne mouline plus sinon les idées noires du type qui s'est entiché de ce truc toujours humide).

Quant aux permis de construire, ils se délivrent avec une fantaisie dont il est difficile de percevoir les règles. On peut laisser monter des immeubles entiers (parodiant le style savoyard, basque ou normand) qui saccagent une côte, mais se montrer d'un pointillisme extrême quant au manque d'« authentique » qui « défigurerait » une région. L'architecte qui aurait aujourd'hui des idées de son temps doit se faire bien du souci pour voir aboutir ses projets.

Prenons par exemple le fameux style « provençal » – qui n'a jamais existé. Les maisons traditionnelles étaient en pierre et non pas recouvertes de ce crépi rose pâle qui a envahi toute la Provence et qui en est quasiment devenu le symbole. Idem pour les génoises, ces simples rebords de toits prévus pour empêcher l'eau de dégouliner le long des murs. Aujourd'hui, à moins de trois rangs de génoise, on vous refusera le label « authentique ».

Pour le reste, c'est pareil, on ne badine pas avec le « terroir ». Des « valeurs sûres », comme la fenêtre à petits carreaux, la poutre qu'on peint, qu'on décape, qu'on chaule, qu'on cire. Par souci d'« authentique ».

Aujourd'hui, on va à la ferme regarder le cochon forniquer ou la chèvre se faire traire avec la même fascination qu'on allait voir les riches flamber au casino de Monte-Carlo. Il faut « se ressourcer », retrouver ses « racines », déguster du rutabaga (à l'huile d'olive pressée au moulin) et fréquenter les bistrots authentiques. Ceux où on commande un bœuf gros sel en consultant une ardoise écrite à la craie accrochée à quatre mètres. Tordez-vous le cou pour déchiffrer qu'on vous propose aussi des crevettes avec un seul « t » parce que l'orthographe, elle, – pas de chance – a perdu de son authenticité.

Autrefois, tout était mieux.

Les authentiques immeubles aux murs écaillés, c'était beau sur les photos de Doisneau. Mais aujourd'hui, à part les top modèles qui se font photographier devant, qui aurait envie d'y habiter pour de vrai ?

C'est un peu comme la merveilleuse époque où on mangeait du vrai jambon. Authentique.

Mais une tranche pour cinq et seulement le dimanche.

Quand une pièce chasse l'autre

Nos ancêtres les plus aventureux en matière de décoration coiffaient d'un abat-jour une carafe Martini afin d'obtenir une lampe d'un esthétisme inédit ou métamorphosaient en table basse une roue de charrette. Là s'arrêtait leur prudent avant-gardisme.

Malgré tout, quand nos grand-mamans voulaient dîner, elles se dirigeaient sagement vers la salle à manger et se posaient avec un certain bon sens sur des chaises.

Personnellement, j'appartiens à une génération qui, par pur esprit révolutionnaire (« l'imagination au pouvoir », c'était pas rien) ou tout simplement dans le but salubre de contrarier ses parents, avait décidé qu'il était plus décontracté de se sustenter à croupetons.

Dans les années 1970, vêtus d'un pantalon pattes d'éph et d'une chemise à fleurs, on s'asseyait sur un tapis flapi mais hindou pour brouter un épi de maïs. Au dessert on finissait un coussin sous la tête, en tirant sur un joint à défaut d'avoir le ventre plein. On ressentait bien quelques courbatures, mais, inondé de joie, on vivait en plein accord avec son époque.

Les années passent, on vieillit et on redécouvre la chaise et la position assise qui, en plus, permet de manger dans une assiette posée sur une table.

Ce type d'activités se pratique dans un lieu appelé salle à manger. L'appellation fait un peu ringarde. Elle sent le renfermé. On décide donc de rebaptiser cette pièce « séjour ».

Un jour, maman ou papa pratique le « télétravail ». Ce qui veut tout simplement dire : ne va plus au bureau et travaille à la maison. Bien sûr aucune pièce n'est prévue à cet effet. Désormais fax, répondeur, ordinateur, imprimante, fichiers et dossiers s'empilent dans un coin.

L'aménagement marche un temps mais les enfants grandissent, se transforment à la longue en ados et votre salon-séjour-bureau devient le lieu de rendez-vous privilégié de tout le quartier. Leur chambre ne leur suffit plus et puisque vous vous êtes jusqu'à présent montrée si discrète et si peu encombrante, sept jouvenceaux pubères se filent régulièrement rendez-vous sur votre canapé, campant devant leur film culte (quatorze fois que vous vous regavez les dialogues de *Trainspotting*), entourés de bouteilles de Coca et de paquets de chips généreusement éparpillés sur votre moquette.

Pour leur laisser de la place, l'idéal serait que vous vous posiez discrètement sur un coin d'étagère. Et encore. Ne seriez-vous pas un rien dérangeante avec le bruit de « votre » fax ?

Écœurée, vous décidez d'émigrer dans la salle à manger. Après tout, il y a une grande table et, avec peu d'imagination, en étalant proprement vos dossiers, vous pourrez vous prendre pour Jack Lang du temps où il était ministre et soigner ainsi votre ego quelque temps.

Viennent dîner des amis.

Deux heures avant d'entrer en cuisine, normalement vous déménagez vos dossiers, histoire de libérer la table. Mais vous êtes tombée récemment sur un magazine féminin qui vient de créer un scoop : « FINI LES DÎNERS CONSTIPÉS DANS LA SALLE À MANGER. INVITEZ VOS AMIS DANS LA CUISINE. »

Comme vous êtes d'une nature assez docile et que vous ne voudriez pour rien au monde passer pour une attardée au cerveau lyophilisé (ni, surtout, offrir une ambiance « constipée » à vos amis), vous décidez de suivre les conseils et de vous y mettre à votre tour.

Attardons-nous un instant sur la photo incitant à ce changement de décor.

La table est mise. On a jeté, « à la bonne franquette », un « simple drap de lin » sur la table. Le nez collé sur la divine photo, vous remarquez tout de suite que ce « simple drap de lin » a été repassé par une petite main pourvue d'un bac lingère +12 et qu'à moins d'utiliser trois bombes de pschitt-pschitt amidon, votre fichu bout de tissu aura l'air de sortir de la gueule d'une vache.

Bon, la table est mise. Vaisselle simple « désassortie » parce que le service cadeau de mariage à fleurettes que votre famille s'est saignée pour vous offrir fait « constipé ».

Nouveau coup d'œil sur la photo. Sur la cuisinière, les casseroles en inox brasillant fument, les torchons pendent çà et là avec grâce (des torchons aux rayures assorties à la frise du carrelage...), les appareils électriques couleur sorbet illuminent les étagères. C'est simple, rien qu'en regardant la photo, on sent déjà la daube mijotée trois bonnes heures.

Vous reposez cette saleté de photo, minée par l'envie et la concupiscence. N'empêche. La prochaine fois que vous invitez des copains à dîner, ça se passera dans la cuisine. Puisque c'est à la mode, il n'y a pas de raison d'y échapper.

Maintenant que les invités sont partis, on peut faire le point.

Expliquez-moi d'abord pourquoi, sur les photos des magazines, les enfants en peignoir éponge – tout frais sortis du bain – disent bonsoir à 19 h 30 et laissent le champ libre à maman aux fourneaux ? Chez vous, ça ne s'est pas déroulé selon le même schéma.

À 20h30, ils étaient encore en train de touiller dans leurs nouilles-jambon. Lorsqu'ils ont quitté la table de la cuisine (vous n'alliez quand même pas les faire dîner dans la salle de bains sous prétexte que la cuisine doit être digne d'un décor), des coquillettes sont restées agglutinées sur les chaises et, sous prétexte de se laver les mains, ils ont éclaboussé votre bel évier en inox tout propre ?

Vos invités débarquent, vous annoncez d'un air faussement modeste « Ce soir, on fait simple, on dîne entre nous dans la cuisine. » Tous s'extasient courtoisement. Quelle bonne idée ! En fait, ils lisent les mêmes journaux que vous !

Vous voilà enfin réunis autour de la table. Si votre copine Valérie chipote dans son assiette, n'en déduisez pas qu'elle n'a pas faim, elle se fait tout simplement du souci pour son cachemire qui va embaumer le saumon. Son mari, dos à la cuisinière, est en train de rissoler telle une chipolata : à force d'ôter veston et gilet, il va bientôt se retrouver en string devant la crème au caramel. Gentiment, il demande : « On peut ouvrir un peu la fenêtre ? » Bien sûr. Seulement pour ce faire, il faut pousser la chaise d'Arthur (merde, vous n'auriez jamais dû placer un gros à cet endroit-là).

Et est-ce bien ragoûtant d'exposer vos talents de cuisinière au vu de tout le monde ? Ramasser un morceau de viande qui nous a échappé et le remettre dans la casserole est un geste culinaire légitime, l'exécuter devant son public devient légèrement indélicat.

À ce stade-là, vous vous demandez s'il était bien raisonnable d'avoir voulu copier la photo. Pourquoi là les torchons torchonnent-ils avec grâce et chez vous l'ensemble ressemble-t-il plutôt à l'arrière-cuisine d'une cantine ?

Pourquoi ?

Parce que, tout simplement, une cuisine c'est fait pour cuisiner et une salle à manger c'est fait pour y dîner.

Autre exemple : chacun sait qu'il n'y a rien de plus frustrant que d'aménager une salle de bains normale.

Je dis bien NORMALE. C'est-à-dire, dans le meilleur des cas, vingt mètres carrés. Dans nos magazines chéris, les salles de bains s'étalent toutes sur quarante mètres carrés, avec une baignoire version piscine, un lit de repos où s'étendre nonchalamment, entre des plantes forcément exotiques, des étagères bien nettes où trônent UN savon, UNE bougie, quelquefois UN peigne et UNE brosse. Le tout zen, zen, zen.

Vous ne saurez jamais où ces gens-là rangent la poudre à récurer, le dentifrice au bouchon collouillé, et les Coton-Tige. Et je ne parle pas du sèche-serviettes, ni même du radiateur qui feraient trop désordre. Trouvez-moi une seule photo de radiateur dans un magazine de décoration et je vous invite sur mon chantier.

Alors naïvement, le nez collé sur les images, vous fantasmez : « Installez votre salle de bains dans votre chambre », lisez-vous.

Vous manquez de place ? Abattez le mur qui jouxtait votre chambre (en deux secondes, c'est fait) et hop ! un merveilleux espace se présente à vos yeux. Sans compter ce « trou de lumière génial » puisque, suivant des conseils avisés, vous venez de percer le plafond d'un seul coup de hache.

À votre tour, vous pouvez vous pavaner au milieu d'un espace génial, d'une divine salle de bains, celle que vous méritez, où votre savonnette est tout là-bas, sur l'étagère si loin de votre main : « Des bains qui vous détendront et vous offriront ces moments indispensables de relaxation dans votre vie trépidante. »

À l'autre bout de la pièce, vous installez votre lit.

Parce que – foin du progrès – pour dormir, il vous faut toujours un lit, une table de nuit et ce qui va avec.

Si vous vivez seul, la vie est belle. Après tout, si vous voulez rajouter un Camping-Gaz et supprimer la cuisine pour en faire une chapelle consacrée à vos prières matinales, vous avez le droit. En revanche, si vous êtes pacsé, concubin ou tout bêtement marié, ça se complique. Quand l'un dort et que l'autre a envie de prendre son bain, il vaut mieux que le couple soit non-violent. Ou sourd. Imaginez l'état dans lequel se trouve celui qui est réveillé par les glouglous intempestifs du bain de son conjoint.

Conciliante, vous imaginez alors prendre une douche qui serait plus discrète. Oui, mais est-ce vraiment très pratique de prendre une douche dans le noir ?

Que faire alors pour s'échapper du clan des « constipés » ?

Tournez la page du magazine. On vous y apprendra sûrement comment installer votre chambre sur le palier.

Fantasme fermette ou fantasme manoir ?

Si je gagnais au Loto… D'abord, il faudrait que je joue. Mais imaginons quand même. C'est totalement gratuit.

Dans un premier temps, je fais un don généreux à une œuvre caritative. Normal. Ce geste risque de m'exempter des cancers et autres joyeux aléas qui planent au-dessus de nos têtes.

Dans un deuxième temps, j'achète quelques colifichets (non au vison, oui aux petites crèmes miracles qui font maigrir même si on s'empiffre).

Dans un troisième temps, j'en distribue une belle part à mes enfants.

Dans un quatrième temps, après réflexion, je diminue la somme prévue parce que ce n'est pas sain pour leur avenir.

Dans un cinquième temps, après réflexion, j'en rajoute quand même parce qu'il n'y a plus que dans les feuilletons télé qu'on croise des héritiers pourris de fric malheureux, impuissants et bêtassons.

Et dans un sixième temps, j'achète une maison.

Vous n'avez pas envie d'en faire autant ?

Si, sûrement. Chacun a son fantasme.

Et ces fantasmes-là, vous les trouvez en dernière page de tous les hebdomadaires. Papier glacé. En couleurs. Rien que des photos de maisons. La page sur laquelle on se jette en premier. Sans toujours oser l'avouer.

La maison de famille

Même les orphelins en rêvent. Surtout les orphelins d'ailleurs, parce que celui qui a passé ses étés avec ses cousins à s'ennuyer ferme dans une maison de famille où il n'y avait pour distraction qu'un vieux jeu de cartes, des après-midi pluvieux et une grand-mère impérieuse qui interdisait à tous les enfants de sauter dans les flaques, régentait belles-filles et gendres comme elle aurait dirigé une cellule du PC, n'a aucune envie de retourner dans une maison de famille.

Revenons à ceux qui en rêvent.

On s'y retrouverait tous les étés, on y fêterait en s'égayant à l'ombre du saule pleureur centenaire mariages, communions et baptêmes. Certaines belles images ont la vie dure dans ce siècle pourtant cruel aux chimères. À une époque où tout le monde se sépare au bout de deux ans de vie commune, comment peut-on encore avoir l'espoir de fêter quoi que ce soit pendant vingt ans avec les mêmes personnes ?

Voyons d'abord pourquoi la vraie « maison de famille » se fait rare dans nos campagnes.

Au décès de l'ancêtre (« un personnage, votre grand-mère ») un des enfants a souhaité garder « La Bombardière » ; mais la charge des impôts, l'entretien, les frais que les héritiers ne sont pas arrivés à partager ont eu raison des meilleures volontés. Il a fallu se résoudre à vendre ce patrimoine auquel tout le monde tenait tant mais auquel personne ne voulait participer. Ce qui n'a guère aidé à la réconciliation.

Elle serait comment cette « maison de famille » idéale ? Des chapeaux de paille accrochés dans l'entrée, dans un désordre esthétique, quelques paires de bottes (qui les décrotte ?) alignées pour les jours de pluie, un grenier aménagé en dortoir pour les enfants.

Parce que le propre d'une maison de famille, c'est qu'on y trouve avant tout des enfants. Et pas n'importe quels enfants. Des garçonnets espiègles – mais bien élevés –, des petites filles délicieuses qui, serre-tête au vent, animent la maison de leurs rires. J'écris bien « de leurs rires ». Dans les maisons de famille idéales – et dans le souvenir des plus de quarante ans –, on ne hurle pas, on ne se chamaille pas.

Les cousins sont triés comme si on les avait choisis au supermarché.

Le grand-père pousse une brouette et arrose ses hostas à l'aide d'un pot en fer émaillé cabossé là où il faut. (Très émouvant.)

La grand-mère est une mamie confiture ou cornichons. Elle prépare des goûters. (Je rappelle que la compétence des mamies d'aujourd'hui se résume souvent à réchauffer des pizzas au micro-ondes.)

Dans les chambres, on trouve des lits à baldaquin ornés de couettes à carreaux rouges, des oreillers en métis brodés au chiffre de la famille, des fauteuils défoncés sur lesquels on jettera négligemment des draps en lin.

Je le vois bien, vous voulez à tout prix « une maison de famille ». Visitons-en donc une. Une vraie.

Les murs s'écaillent d'humidité, les papiers peints s'épluchent et gondolent, la baignoire a bien des pattes de lion mais son émail montre des traînées de crasse incrustées, la chaudière renâcle après une malheureuse vaisselle. Un charme fou.

On se dit qu'il suffirait de donner un « petit coup de blanc » sur les murs. Le problème, c'est que vu l'humidité, les murs collent au pinceau, qu'il faudrait d'urgence changer portes et fenêtres dont le bois gonfle, ainsi que la toiture qui fuit à la moindre averse, et que les devis pour ces menus travaux atteignent des hauteurs vertigineuses.

À PRÉVOIR : Revendre au bout de cinq ans à une autre famille en quête d'ancêtres et de soucis.

Le manoir

Qui a envie d'un manoir ? Tout le monde, bien sûr. Il n'est qu'à ouvrir les revues genre *Domaines et Châteaux* chez le dentiste pour se dire : pourquoi pas moi ? Un château à moins d'un million de centimes ? Vous n'en revenez pas. Un vrai château, avec une tourelle ou un donjon, peut-être même un pont-levis à peine usagé. En insistant, vous aurez aussi les fantômes.

Restent les travaux à envisager d'urgence. Soit vous avez gagné au Loto (et là, vous passerez dans une émission de télé cinq ans après dans la catégorie « Comment j'ai tout croqué en quelques mois grâce à mon château »), soit vous êtes un constructeur inconscient. Ardent à l'ouvrage. Et jeune. Surtout jeune.

Pendant quinze ans, vous allez camper dans la salle d'armes couché sur un divan (votre femme vous aura largué après avoir erré dans le donjon des nuits entières en proie à la dépression).

Après avoir gratté pierre après pierre, consolidé le seul escalier qui vous permet d'échapper à un incendie, retapé une salle sous le portrait d'un ancêtre qui vous dévisage l'air consterné de tant de bravoure, chassé le champignon dans tous les coins, vous réaliserez qu'au cours des dix années à venir vous devrez aménager une cuisine où il faudra être douze pour faire la chaîne entre l'évier et l'âtre, recycler une pièce de cent mètres carrés en salle de bains (vous ne savez pas encore où caser les tuyaux ni l'évacuation), installer une bibliothèque (vous pensez lire quand ?) et des boudoirs (pour bouder quand la banque vous appellera trois fois par jour pour vous signaler que vous êtes au bord du gouffre).

C'est à ce moment précis et intense que vous réaliserez que, peut-être, vous avez fait une erreur.

Avant de signer la promesse de vente, relisez donc quelques pages de littérature du siècle précédent, ne serait-ce que pour constater que les hobereaux qui vous ont précédé avaient déjà bien du souci pour payer « leurs gens » (à des tarifs défiant pourtant toute concurrence) chargés d'entretenir le domaine.

À moins de recycler votre château en zoo, ou parc d'animations, faites une croix définitive sur ce genre de fantasme. Même si on vous le donne.

Fermette à retaper

On dirait qu'il y aurait un beau corps de ferme, une grange immense (une deuxième maison indépendante pour les copains), un four à pain (dommage, vous n'êtes plus très « féculents » depuis que vous avez arrêté de fumer) et une mangeoire pour planter une clématite mauve qui courra sur la façade quand vous lui aurez offert un lifting. Le rêve.

Ce type de maison a eu un formidable succès en tant que résidence secondaire jusqu'aux années 1980. Dans les films de Claude Sautet, on s'y retrouvait le week-end, les femmes bavardaient en épluchant les courgettes, et les hommes à la petite quarantaine, se sentant une petite fêlure à l'âme, se mettaient à regarder leur belle-sœur d'un autre œil. Aujourd'hui, on les rachète et on en fait sa résidence principale. Et on se tape cent cinquante kilomètres tous les jours en TGV pour aller au bureau.

Souvent des travaux ont été fougueusement entrepris par les précédents propriétaires et il en reste quelques vestiges. Les murs sont peut-être « épais comme ça » (*dixit* le nouvel acquéreur qui s'excite à l'idée de pouvoir bouter hors de chez lui des hordes de méchants jaloux) mais les cloisons intérieures sont pourries. L'électricité est fantaisiste, le plâtre vient avec le papier peint…

À PRÉVOIR : Tous les travaux que vous n'aviez normalement pas prévus.

Le mas ou la bastide carrément, pourquoi pas

Les grillons, le thym en coussins, les volets bleu lavande, un olivier devant la porte, des tommettes et tiens, des murs ocre *avé* l'accent.

À PRÉVOIR : des artisans d'une immense gentillesse, absolument pas contrariants (aucun ne vous dira jamais non) mais qui ne se déplacent que lorsqu'ils s'ennuient chez eux. Et comment s'ennuyer en Provence ?

La maison contemporaine

Peut être en bois, en verre, en béton, toujours pensée par un architecte qui n'a jamais été contraint d'y habiter lui-même.

Des arbres plantés en plein séjour, un sauna, « des puits de lumière », des volumes qui donnent le vertige, des placards pour ranger même les serpillières et les rouleaux de scotch mais, curieusement, des bocaux alignés dans la cuisine sur des étagères ouvertes : l'architecte est pourvu, à coup sûr, d'une épouse qui époussette sans rechigner.

À PRÉVOIR : Tous les gens du coin vont vous détester sous prétexte que votre maison agresse l'environnement. Alors que leur pavillon de meulière, évidemment, est une ode à l'esthétique et au patrimoine.

La maison toute neuve

Au départ, une image charmante, toute de modestie.

On vous comprend de succomber. La jolie petite maison va vous être livrée toute finie de partout (avec six mois de retard), papiétée jusque dans les wawas. Vous aurez choisi la couleur avec un supplément. Des salles de bains impeccables, de l'électricité partout, et même les placards tout prêts où ranger ses babouches par ordre de grandeur.

Bref une maison pour dame qui ne supporte pas de vivre trois jours dans un chantier où elle risque de croiser un ouvrier. Ou pour un monsieur qui se vante de n'avoir jamais su planter un clou. Remarquez que ce type d'homme compense cette faiblesse par un : « Mais le dimanche, qui fait le meilleur boudin aux pommes de toute la région ? »

À PRÉVOIR : Les gentils coquelicots, les somptueuses touffes d'orangers mexicains à fleurs blanches ne seront plantés que cinq ans plus tard et les abords de la maison resteront au stade du chantier éventré pendant de longs mois. (Le promoteur a fait faillite.)

À PRÉVOIR *bis* : Les soucis viendront après. Quand vous vous apercevrez que les murs papiétés se fissurent sous le papier, que les ravissants carreaux de la salle de bains se décollent et que les cloisons de la chambre des enfants sont moins épaisses qu'une coquille d'œuf.

Un squatt pour faire des teufs

La maison avance petit à petit, les soucis aussi et des instants fugaces de réflexion et de découragement viennent parfois freiner mal à propos votre élan.

Votre mari vous a intimé gentiment l'ordre de lui donner un coup de main : « Au lieu de rêvasser à la couleur de tes rideaux, on n'en est pas là, rends-toi utile ».

Vous êtes donc à quatre pattes, pleine de bonne volonté, en train de tenir à bout de bras un tuyau qui doit rentrer dans une gaine (vous ne posez même plus la question de savoir pourquoi), en évitant de penser qu'une crampe pourrait sournoisement vous attaquer. Vous êtes tellement concentrée sur le tuyau que vous êtes le tuyau. Vous pensez, poussez et vivez tuyau. Vous serrez les dents, ça peut toujours rendre l'exercice plus efficace. Le tuyau doit entrer. Nom d'un chien.

Malgré votre position tout à fait inconfortable, votre regard a le loisir de se poser où il veut. Étourderie de votre part ? Ce qui est sûr, c'est que l'un de vos deux yeux s'est désolidarisé de la fichue gaine et se promène tout seul comme un grand autour de la pièce.

Et soudain, une lassitude immense vous terrasse. Boum !

De surprise, vous lâchez le tuyau.

Vous vous posez sur une chaise, abasourdie par la révélation. D'un œil critique et enfin objectif, vous contemplez l'ampleur de la tâche qui reste à accomplir.

Et le doute vous étreint.

Parce qu'avant de peindre cette chambre ocre patiné, il faudra : faire passer les tuyaux pour le chauffage et l'électricité, puis plâtrer, poncer, peindre, patiner, repeindre, poser des plinthes.

Mais aussi : dans le garage, la chape qui se craquelle bizarrement. L'eau de pluie qui s'infiltre sous une fenêtre mal posée. Et des tas d'avanies tapies dans le secret des murs prêtes à vous sauter dessus dès que vous croirez mériter la clémence des éléments.

Est-ce que tous ces ennuis, ce fric qui file comme l'eau dans un évier mal bouché, ça vaut le coup ? C'est le moment de trouver de bonnes raisons bien motivantes.

Pourquoi j'ai voulu une maison ? Pourquoi ?

Ma perplexité est immense. Je ne sais plus. C'est normal, j'ai trop mal au bras.

Reconcentrons-nous. Idée lumineuse.

J'ai voulu une maison pour les enfants. Pour ma descendance.

Menteuse.

Peut-être. Mais une idée de cette pointure-là, vous la tournez dans tous les sens, reconnaissez qu'elle a de l'allure.

Une maison où tout le monde se retrouve d'année en année autour du *pater familias* (genre mafieux brun mais bon genre) qui préside, et, à l'autre bout de table, vous, la grilleuse de brochettes pour seize personnes, et entourant votre merveilleux couple, vos enfants posés sur des chaises paillées usées par des générations de derrières.

Sans compter les parties de *Jeopardy* jusqu'à deux heures du matin…

Quand les enfants sont encore petits (et innocents), ils s'adaptent assez bien aux péripéties de la construction. Pousser une brouette chargée de parpaings, arracher du papier peint, arroser le jardin en ayant le droit de mettre l'eau partout (on s'en fiche il n'y a pas encore de vitres aux fenêtres), se révèle autrement rigolo que de jouer à tous ces jeux d'« éveil » qu'achètent les parents dans le but louable de ne pas laisser en friche un éventuel petit Einstein. À dix ans, ils ont la sensation de vivre une aventure. Pour eux, c'est un peu comme s'ils campaient dans une cabane à l'occasion d'un stage de « survie ». Plus la maison stagne à l'état de chantier, plus ils exultent.

Malheureusement, un jour, cette collaboration enjouée prend fin. Leur regard change. Et leur humeur aussi.

Adolescents, ils jugent votre maison plutôt encombrante. Une sorte d'obstacle à leur vie personnelle. À choisir, ils préféreraient nettement un squat dans un hangar « pour faire des teufs ». (Sous-titrage : fêtes où vous ne serez surtout pas conviés.) De toute façon, la maison de campagne des parents, c'est franchement ringard. La seule chose dont ils ont envie, c'est partir ailleurs. Avec des copains. Et sans vous.

Consternés, ils vous écoutent radoter sur le bon temps où vous partiez tous pleins d'ardeur et d'entrain cueillir des champignons et où vous entonniez à pleins poumons :

« On se baigne dans le caca, on se baigne dans le pipi. Youpi !

On se baigne dans le pipi, on se baigne dans le caca ! Hourra ! »

Ou quand vous vous passiez au jet les uns les autres, les pieds dans les gravats, faute de salle de bains.

Encore, si vous n'étiez pas présents, à occuper tout le temps cette baraque, ça irait.

Vous apprendrez ainsi – heureusement, dix ans plus tard – que lorsqu'ils sont partis à sept réviser le bac dans votre maison, ils n'ont même pas ouvert les volets et ont passé la semaine à jouer au poker en fumant leurs premières clopes. Qu'en allumant la chaudière, ils se sont trompés dans les boutons, que ça a fui partout dans les chambres et qu'ils ont épongé avec les dessus-de-lit et les draps faute d'avoir jamais trouvé les serpillières.

Alors une solution radicale : si vous ne voulez pas affronter un belligérant de seize ans en villégiature, invitez-lui absolument « le » copain ou « la » copine. Les deux complices ricaneront derrière votre dos et surtout passeront leur temps à se cacher au cas où vous leur demanderiez de :

• repeindre la grille (« Il fait trop chaud, demain on le fera ») ;

• passer le Karsher sur la terrasse (« J'ai pas trouvé la prise ») ;

• décaper des carreaux (« Ça sert à rien, c'est fait pour marcher dessus »).

Vous les croisez devant le petit déj', autour de 13 heures, et si vous leur faites remarquer qu'il fait un soleil magnifique et qu'ils pourraient en profiter (profiter de quoi ?), ils vous regardent d'un regard aussi concerné que celui de l'amibe à qui vous demandez son planning pour les dix ans à venir.

À l'heure du goûter, ils se font cuire des nouilles parce qu'ils sont morts de faim et de toute façon la seule question qui les hante c'est : est-ce qu'on aura le droit de sortir ce soir et jusqu'à quelle heure ?

Parfois, le copain invité, dans un excès de courtoisie touchante lâche : « Finalement, elle est pas si nulle que ça votre baraque ». Compliment que votre fils ou votre fille écoute les yeux écarquillés de stupeur.

Eux, ils la maudissent. Ce qu'ils voudraient, c'est

dormir sur la plage ou au camping à côté du chemin de fer.

Découragés parfois – les meilleures volontés se brisent – vous vous dites que vous avez sûrement eu tort d'investir toute votre énergie dans cette putain de maison. Qui visiblement emmerde tout le monde. (Y compris vous, mais ça, la tête sur le billot, vous ne l'avouerez jamais.)

Le temps passe, vous accédez au statut de grand-père, de grand-mère, votre maison petit à petit a pris tournure, des housses blanches maquillent vos canapés, chaque chose a trouvé sa place, sur les lits se pavanent de jolis couvre-lits, bref, le tout commence à ressembler à une maison comme dans les magazines. Vous êtes fiers de vos idées, de votre indiscutable bon goût.

Vos enfants devenus parents à leur tour n'ayant pas les moyens d'aller en vacances ailleurs, vous leur proposez de vous rejoindre dans votre ex-fichue baraque. Chouette, non ?

Pourquoi alors ne supportez-vous pas que vos petits-enfants fassent des bulles avec le jus d'orange au-dessus de vos canapés blancs, qu'on laisse traîner des biberons, qu'on marche sur les tétines ou qu'on doive crapahuter sur des sacs de voyage pour atteindre un placard (prévu justement pour le rangement des sacs de voyage) ? Ou que vos propres enfants ne sachent pas refermer la porte d'un micro-ondes ? Inquiète de leur état mental – et des bienfaits de votre éducation – vous vous demandez en chuchotant, le soir avec votre mari, si la chair de votre chair, dans son propre petit home, rampe sous la porte dudit micro-ondes pour atteindre l'évier ?

Pourquoi ne rangent-ils pas leurs fringues dans les placards que vous avez eu le courage d'aménager de vos petites mains, et surtout pourquoi se mettent-ils à critiquer votre œuvre : « Au fait, papa, pourquoi tu n'as jamais abattu ce mur ? » ou « Pourquoi, maman, tu as tellement tenu à du parquet alors que ça ne se fait plus aujourd'hui ? »

Tenez, la famille B*. Le papa et la maman, la cinquantaine. Tous deux pendant des années ont investi dans leur maison. Ex-boulangers, ils ont travaillé toute leur vie comme des fous. Un but : arriver un jour à construire leur maison et y accueillir pendant les vacances leurs cinq enfants qui un jour seraient mariés et pourvus de bambins. Donc cinq chambres. Autant de salles de bains.

Pendant dix ans, tous les week-ends, M. B* a cimenté, carrelé, bricolé, abattu un mur et remonté un autre. Pas un seul jour de congé.

Très fier de son patrimoine acquis à coups de lumbago, tel un hôtelier, il fait visiter toutes ses chambres. Il a prévu l'avenir. Chacun de ses enfants aura sa place dans sa niche.

Filles et garçons se marient à tour de rôle, font trois petits tours dans la maison et puis s'en vont. Parce que les belles-filles font la tête. Elles vomissent le confort bourgeois. Ce qu'elles veulent, c'est voyager, sac au dos, traverser le désert et faire ami-ami avec des Touaregs. M. B* malgré toute sa bonne volonté n'avait pas prévu la belle-fille vagabonde. Quant aux gendres, ils ne se sentent pas chez eux.

Tout au long de l'année, désormais, Mme B* passe ses week-ends à astiquer ses salles de bains désertées, en ronchonnant qu'elle voudrait vivre dans un studio. M. B* la console en lui répétant que, grâce à Dieu, ils vont laisser quelque chose à leurs enfants. Une vraie maison.

Un cadeau empoisonné. À moins qu'on ne souhaite délibérément que tout ce petit monde s'empoigne et se chamaille au moment fatidique où M. et Mme B* auront pris à leur corps défendant la poudre d'escampette pour l'au-delà.

Pourtant, certains soirs, quand le ciel est à l'étoile filante, on se surprend à faire des vœux stupides. On fait le tour du jardin sous la lune, on est fier de soi, on a vraiment bien travaillé, d'un regard quasi amoureux, on contemple son ouvrage, on va laisser une petite trace, d'un doigt amical on caresse la méchante fissure d'un mur, on lève la tête, on se dit que le toit, sous les bourrasques les plus hostiles, résistera bien même quand on ne sera plus là pour le surveiller d'un œil.

Et après tout, qu'est-ce qu'on peut souhaiter de plus tonique à sa descendance que d'avoir un jour le désir fou de vouloir, à son tour, une maison ? La sienne qui lui ressemble.

Nous les parents, si on veut, tiens, on n'ira même pas les voir.

« La galère » : villa à louer

Cette année, après avoir payé les impôts locaux, les factures de téléphone, de chauffage, changé pour la deuxième fois la pompe de la piscine, et acheté un figuier (qui sera dans son bel âge et de taille décente quand vous serez sous terre à le regarder d'en bas), une évidence vous apparaît : cette maison est un gouffre.

Il faut trouver une solution.

Dans un premier temps, des personnes avisées vous suggèrent de la louer pour un tournage de film. Mais qui viendra tourner un film dans votre région ? Tous les films « cultes » se déroulant dans des souterrains ou des banlieues glauques pour sabrer définitivement le moral des populations. Les pièces sont de toute façon trop petites pour que des caméras y circulent et avez-vous vraiment envie de voir votre maison squattée par trente techniciens prêts au saccage pour obtenir le plan mythique d'un jeune homme en train de vomir sur la cuvette de vos W-C ?

Vous envisagez donc de la louer à des particuliers. Pourquoi pas ? Après tout, il vous est bien arrivé d'en faire autant.

Voici donc le petit scénario en quelques séquences concernant les négociations.

Séquence 1

Dans un salon, les propriétaires, mari et femme. Ce jour-là, ils reçoivent un couple d'amis.

LA PROPRIÉTAIRE (sournoisement intéressée) : Alors, vous allez où, cet été ?

L'AMI : On ne sait pas encore. (Silence.) L'année dernière en tout cas, c'était génial quand on est passé et resté une semaine chez vous…

L'AMIE (confirmant) : Elle est géniale, votre baraque.

LE PROPRIÉTAIRE (modeste mais méfiant) : Merci. C'est gentil.

L'AMIE : Justement on se demandait si vous accepteriez de nous la prêter quelques jours…

(Petit silence.)

LA PROPRIÉTAIRE (courageusement) : C'est-à-dire qu'on a eu une idée. Dis-leur, toi…

LE PROPRIÉTAIRE (qui se passerait bien qu'on lui donne la parole) : C'est-à-dire qu'on pensait la louer… Parce qu'avec les frais qu'elle nous occasionne…

L'AMI (plutôt froid) : Génial.

L'AMIE (plus fine) : Ça nous intéresse évidemment. (À son conjoint :) Il faut que nous en parlions tous les deux. Ça pourrait se faire, n'est-ce pas, chéri ?

(Chéri acquiesce mollement.)

LA PROPRIÉTAIRE : Tenez-nous au courant assez vite…

Séquence 2

Les deux propriétaires se couchent après ce dîner épuisant.

LE PROPRIÉTAIRE : Tu as une idée du prix qu'on pourrait leur proposer ?

LA PROPRIÉTAIRE : Ils ne sont pas très friqués en ce moment… Ils viennent d'acheter une voiture.

LE PROPRIÉTAIRE (ferme) : Faut être clair avec eux. Bien leur faire comprendre que ce n'est pas prêté. Que c'est loué.

LA PROPRIÉTAIRE (sourire fin) : À un prix d'ami.

LE PROPRIÉTAIRE : L'ennui, c'est que dans leur esprit, ça ne sera jamais un prix d'ami.

LA PROPRIÉTAIRE : Pour ne pas les vexer, on peut aussi leur dire qu'on a déjà trouvé des gens intéressés.

LE PROPRIÉTAIRE (logique) : Sauf qu'on n'a personne d'autre.

LA PROPRIÉTAIRE (genre reproche) : Évidemment, on ne s'en est pas occupé.

LE PROPRIÉTAIRE (se sentant visé) : Ce qui veut dire que « je » ne m'en suis pas occupé, c'est ça ?

LA PROPRIÉTAIRE : Mais c'est toi qui en as parlé en premier. Alors démerde-toi avec tes copains.

On imagine aisément le ton de la fin de la séquence sans que j'aie à l'écrire.

Séquence 3

La propriétaire et sa copine font du shopping.

LA PROPRIÉTAIRE (négligemment) : Vous en êtes où pour la maison ? Vous avez réfléchi ? Parce qu'on veut vraiment (avalant sa salive) la louer...

L'AMIE : Faut seulement que tu me dises combien... ? Parce qu'on est plutôt fauchés en ce moment...

LA PROPRIÉTAIRE (fourbe) : Je vais demander à mon mari, c'est plutôt lui qui s'en occupe.

Séquence 4

Pas de réponse du couple d'amis.

Le couple propriétaire passe une petite annonce proposant la location de leur maison. Autant le dire franchement, c'est ce qui nous est arrivé. Suite du feuilleton.

Le téléphone sonne.

Une femme veut connaître la marque du micro-ondes parce qu'elle n'a pas l'intention de s'habituer à une autre marque que la sienne pour un mois de location.

Une deuxième exige une personne responsable de l'entretien de la piscine. À condition que les frais ne soient pas à sa charge.

Une troisième s'inquiète de l'absence de climatiseur et de cheminée dans les chambres. (Faire fonctionner les deux simultanément me semble toutefois exagéré.)

Une quatrième demande de chronométrer le temps requis pour se rendre à la plage à pied. (Avec deux enfants et, à bout de bras, un parasol, les palmes, le masque, les serviettes et le goûter, pelles et râteaux compris, vous pensez qu'il faut rajouter combien de minutes ?)

Une cinquième aimerait beaucoup louer notre maison mais son mari ne veut pas.

Une sixième demande à réfléchir pendant quinze jours parce qu'il va falloir monter des escaliers. (Elle attend que je rase le premier étage ?)

Mais la maison n'est toujours pas louée.

Heureusement, de leur côté, nos « copains », par souci d'économie, ont décidé de partager la location avec des amis. Innocemment, nous nous réjouissons de cette merveilleuse solution qui arrange tout le monde.

Cinq couples. Sept enfants. Une baby-sitter. Deux chiens. Fermez les yeux et imaginez, un mois plus tard, l'état des canapés blancs, des sols où tout le monde s'ensable après le retour de la plage, le fond de la piscine qui ressemble à une coquille d'huître (sans les perles), les douches quasi bouchées à grandes touffes de cheveux (« Sont-ils repartis chauves ? » s'inquiète Éric).

Visite guidée : les chaises longues constellées d'auréoles de produits solaires et d'empreintes de mains chocolatées, des trous dans le jardin (parce que le chien adorait exterminer la puce en se grattant contre les agaves), de l'huile renversée dans le placard (« La faute de la baby-sitter à qui tout échappait des mains, hihi » – la serpillière aussi ?)

On continue : les étagères passées à la chaux jaunies de cigarettes écrasées, l'aspirateur étouffé de poussière, le tuyau d'arrosage plié en quatre, enroulé à force, et la machine à sécher le linge en apnée, trois kilos de coton dans les oreilles, chauffant comme une chaudière.

Et encore : les téléphones portables déglingués – ils ont sûrement dû les tremper dans l'eau, chaque fois que vous décrochez le combiné, des gouttes qui vous dégoulinent dans l'oreille –, trois saladiers cassés (pas les moches, dommage).

Et un spectacle qui vous laisse tout de même perplexe : quel traitement ont bien pu subir vos adorables torchons nids-d'abeille assortis aux carreaux de la cuisine ? Après trois lavages, ils dégorgent encore un liquide rouge, comme s'ils avaient servi à éponger le sang d'une victime. Ont-ils aussi exterminé les voisins ?

Pourtant, ils ont a-do-ré la maison, ils le disent.

Vous voilà rassurés.

Le temps que vous remettiez tout ça en état, vous en avez pour trois semaines, plus les frais. Êtes-vous certains d'avoir fait un bénéfice ?

Le pire : faut amortir

Bien sûr, un jour, nous habiterons définitivement « La Maison du fou ». Quand ? Mystère. Tout dépendra de l'évolution de nos carrières et de l'avenir, tout simplement.

En attendant, c'est une sorte de maison intérimaire où nous rêvons d'aller le plus souvent possible. Vues les dépenses occasionnées, finies les escapades : un week-end à Marrakech (« avec la même somme, tu ne préfères pas une porte ancienne pour l'entrée ? ») les séjours au ski (« on ne va quand même pas s'entasser dans un studio à six lits superposés alors qu'on a une maison »).

Exit aussi les week-ends chez les copains. « Quitte à planter des clous et décaper un sol, je préfère que ce soit chez moi. »

En fait, le mot n'est pas joli, l'idée non plus, mais il faut « amortir » cette maison. Et qu'on prenne une maison à cent kilomètres ou à neuf cents, le problème reste identique, même s'il prend des formes différentes.

« Les Diablotins », notre première maison intérimaire, n'était qu'à deux cents kilomètres de chez nous. On y allait le plus souvent possible. C'est-à-dire, au début, tous les week-ends.

On programmait dès le lundi le départ du vendredi soir. Parce que sous prétexte de s'aérer le poumon et le neurone, il faut préalablement prévoir les courses, les draps, les dossiers à emporter ou la machine à faire les pâtes parce que toute la famille en a envie et qu'on n'a pas le temps en semaine. (Côté budget, c'est ou acheter une deuxième machine ou acheter des plants de thuyas pour le jardin. On n'hésite pas.)

Résultat, les enfants dans le fond de la voiture sont coincés entre des lampes, une caisse à outils, le Karsher qu'un copain vous a prêté pour décaper la terrasse, et deux vieilles chaises pliantes qui vont être formidables dès qu'elles auront été rafraîchies d'un coup de pinceau.

En fait, on n'a ni le temps de repeindre les chaises ni de faire les pâtes fraîches. Le samedi matin, on s'occupe des courses. Et le dimanche après-midi, le temps de ranger la vaisselle, de tout nettoyer pour ne pas débarquer samedi prochain dans un taudis, dès quatre heures de l'après-midi, vous vous préparez à partir. Ne pas oublier de rentrer les meubles de jardin, fermer les volets… Exaltant. Combien de temps avez-vous profité vraiment de votre maison chérie ?

Le dimanche matin, vous êtes aussi allée au marché. Pour rendre hommage au terroir. Déception.

Si vous êtes en Normandie, vous n'avez pas forcément acheté votre maison à côté du seul fromager qui pratique encore l'affinage et, chose curieuse, vous allez vous retrouver à galoper après un vrai camembert parce que les gens du coin préfèrent de loin le fromage industriel « qui pue quand même moins ».

Le bon sens et « la tendance » disent qu'il faut consommer sur place des vrais produits du terroir. Moi je veux bien. Dans les supermarchés varois, les tomates viennent de Bretagne et les marchés offrent plus de fringues et de nappes provençales que de pêches mûres.

La belle France au goût de terroir, faut la chercher. Vouloir manger autre chose qu'une assiette de moules frites ou une pizza à la saucisse pendant les mois d'été au bord de la Méditerranée relève de l'exploit. Comme en plus, la Côte est envahie par les peuplades germaniques, au rayon jambon, vous avez plus de chance de trouver, soigneusement caché derrière les saucisses de Strasbourg, du leberwurst que du jambon corse.

Autre cas de figure, la maison intérimaire est éloignée de votre domicile. Ou le voyage est cher ou il est trop long pour y aller seulement un week-end.

Comment à notre époque si moderne où le Paris-Nice se fait en une heure quinze, ce voyage arrive-t-il à vous mobiliser une journée entière ? (Évidemment, avec systématiquement une heure de retard à l'arrivée et au départ de l'avion.) Pourquoi, alors que tous les culs-de-bus vous narguent avec leur pub où on vous annonce des prix incroyables pour le trajet, vous n'arrivez jamais à obtenir des tarifs avantageux ? Sans oublier les grèves de la SNCF qui vous laissent sur un quai de gare pendant onze heures à Lyon.

Comme vous ne venez pas souvent dans votre merveilleuse maison, dès l'arrivée : récurage général. Deux centimètres de poussière de plâtre. La pompe n'a pas fonctionné : inondation dans la cave. Acheter un aspirateur à eau. Où ? Il est 14 heures, les magasins sont fermés. On s'y rendra à 17 heures. En attendant, on va tirer de l'argent liquide d'un distributeur. En panne. La banque ferme à 16 h 30. Donc, on n'aura pas le temps d'aller jusqu'au magasin de bricolage qui est à quinze kilomètres. On prendra du pain en rentrant. Sûrement pas. Hors saison, le boulanger ne fait pas de fournée l'après-midi.

Les draps sont humides. Le téléphone ne marche plus. Sur quatre jours, deux à éponger, à réparer les dégâts, un pour faire les courses. Super. Les travaux n'ont pas avancé. Mais vous avez été dépaysée, ça c'est sûr. Chez vous, vous avez le confort, et là rien que des emmerdes.

Mais il paraît que vous amortissez la maison. Comme dit Éric : « Si tu calcules tout l'argent qu'on dépensait jadis en vacances, aujourd'hui, on amortit la maison. » D'accord. Mais peut-on appeler ça des vacances ?

J'ai descendu dans mon jardin

Même si l'intérieur de la maison est loin d'être terminé, il va être temps de prendre en main le jardin. À l'ère préhistorique – j'en suis sûre –, si l'homme chassait, la femme cuisinait le mammouth. Aujourd'hui, si l'homme bricole, la femme jardine. Nouvelle répartition des rôles. Mission que je m'attribue d'office. Pour ne pas baigner dans la culpabilité. Même si je n'ai jamais fait la différence entre des santolines et des cinéraires.

Je me mets donc à arpenter le terrain, pour un constat des lieux. L'entrepreneur m'avait promis de faire le maximum pour que l'environnement soit respecté. Quelle armée est donc passée par là ? Les abords de la maison ressemblent à Istanbul après le tremblement de terre.

Pourtant, impatiente de civiliser le terrain, je me mets à planter frénétiquement. J'achète n'importe quelle plante mais je dois très rapidement déchanter : si je veux qu'un jour quelque chose sorte de cette terre à caillasse, j'ai tout intérêt à procéder dans l'ordre. L'idéal ne serait-il pas que je passe les deux mille mètres carrés au chinois ? Devant l'ampleur de la tâche, avec une certaine culpabilité tout de même, je cale.

Plus prosaïquement, je décide de ramasser tout ce qui jonche le sol : parpaings, boîtes de bière, paquets de cigarettes, sacs en plastique, truelles emplâtrées, tiges de fer (ça pousse ou quoi ?), sacs en plastique, seaux sans anse, anses sans seau, billes de polystyrène, et même l'avant d'une brouette.

Une fois le terrain dégagé, il ne me reste plus qu'à devenir jardinière. Et là toutes les voies sont possibles.
Je vous livrerai donc quelques portraits de jardinières. Prouvant surtout comment des femmes parfaitement équilibrées peuvent y perdre leur sens commun. Malheureusement pour ma famille, je suis arrivée à cumuler par strates successives un peu de tous ces portraits.

La maniaque

Une personne munie d'un cerveau normalement irrigué réalise tout de suite que la terre est basse. Trop basse. Et qu'il serait raisonnable de se simplifier la vie. Mais la maniaque ne saurait se contenter de cet axiome. Il lui faut plus de précision. Alors elle décide de s'équiper d'un petit engin à planter dans son sol, genre thermomètre, qui grâce à sa bandelette réactive va lui fournir un diagnostic concernant le pH de son sol. Sa terre chérie, est-elle calcaire ? Glaiseuse ? Sableuse ? De là dépend tout son avenir. Devra-t-elle renoncer définitivement à son fantasme de pivoines ?
Côté gazon, ce qu'elle veut, c'est une moquette verte qu'elle pourrait passer à l'aspirateur. Son rêve le plus secret : que personne ne marche dessus. À moins d'équiper toute sa famille de semelles à crampons fixées avec des courroies (comme des patins) pour aérer le gazon.
Arrive le printemps. La maniaque s'épanouit. Elle ne fait plus de fixette sur l'assistante de son mari (une fichue créature) mais sur la perfide limace, le taupin sournois ou la terrifiante coccinelle. D'un geste auguste, elle distribue les vitamines en granulés à tout ce qui sort de terre et de son autre main, équipée d'une bombe, elle poursuit la tenthrède et le puceron, éclaboussant au passage l'œil d'un enfant

distrait qui contemple la libellule. Là où elle passe, on oublie les senteurs de garrigue et on découvre Tchernobyl. Quand elle officie, toute la famille se replie prudemment à l'abri devant la télé.

La forcenée

On peut la reconnaître, le dimanche soir, à ses ongles noirs, ses cheveux gras, ses genoux tout rouges et ses avant-bras éraflés qu'elle exhibe avec la dignité des grands travailleurs.

Elle a passé sa journée dans le jardin, à quatre pattes, faisant la tête à tout le monde, parce qu'elle A MAL AU DOS. On peut la surprendre en train de tirer en douce sur les tiges des hostas, persuadée qu'ils vont pousser plus vite, grâce à elle qui ne fait pas de la chaise longue toute la journée. Et toc ! pour les autres.

Elle veut que toute la famille s'intéresse à son œuvre, terrorise son mari pour qu'il se passionne pour les petites feuilles et les grandes tiges et enrage qu'on n'ait même pas remarqué qu'elle a déplanté et replanté trois rosiers deux mètres plus loin.

L'œil courroucé, elle transporte toute seule des sacs de terreau de cinquante kilos, fait des mélanges très savants après avoir passé des heures au rayon jardinage des grandes surfaces alors qu'elle aurait dû rapporter des macaronis pour sa famille affamée. La nuit, munie d'une lampe de poche, elle va vérifier que l'arrosage automatique déverse bien seize gouttes à la minute et, comme elle n'admet pas que la nature lui résiste, elle s'entête à vouloir faire pousser des tulipes en Ardèche.

L'intellectuelle

Elle passe son temps dans les dîners à infliger des cours de jardinage à son voisin de table qui a eu la sottise de lui avouer qu'il disposait d'un balcon (où il ne s'aventure à planter que du persil), lui expliquant qu'il faut tailler les rosiers à trois yeux et pas à cinq.

L'intellectuelle ne supporte pas l'hostilité de la nature à son égard et prend tout pour un affront personnel. Elle voudrait absolument comprendre pourquoi ses cinéraires sont rabougries alors qu'elle les chérit à coups de fumier, terreau et autres amendements et poussent spontanément en la narguant entre les cailloux juste en face de chez elle.

Le soir, elle arpente son jardin et en revient toute bizarre, l'air pensif. Au bout de quelques mois elle commence à manifester des tendances inquiétantes et se pose des questions métaphysiques du genre : en quoi la mauvaise herbe est-elle une mauvaise herbe et qui a décidé ça ? On la trouve, perplexe, en train de ruminer devant le bouton-d'or. Qui a décrété qu'il est moins joli que l'achillée ? Elle reprend toute personne qui s'entête à appeler les marguerites des marguerites et précise des *anthemis frutescens* à ne pas confondre avec les *anthemis nobile*.

L'intellectuelle se met alors à philosopher à propos du pissenlit ou de la ronce et décide qu'on peut déceler là un fascisme terrifiant de la sélection. Un soir, victorieuse, elle pose une soupière sur la table devant sa famille éberluée en annonçant un potage d'ortie et une salade de capucine. La famille se met à craindre pour sa santé mentale.

Elle qui chaque année réclamait des boucles d'oreilles pour la fête des mères soupire qu'elle voudrait une vraie brouette. On ne la lui refuse pas.

La faux-jeton

Elle se reconnaît facilement à sa façon de dire « mon jardin, mon œuvre ». À l'entendre, c'est elle-même qui a retourné les cinq cents mètres carrés de terrain à la petite cuiller alors qu'elle a fait appel au vieux monsieur d'à côté.

En réalité, elle terrorise tout son entourage. Ses enfants fuient, traumatisés, dès qu'ils entendent les mots « binage » ou « désherbage » parce qu'elle est la reine pour mettre de force tout le monde à l'ouvrage.

La rêveuse

La rêveuse, c'est le genre qui décide d'acclimater un palmier à Dunkerque.

Elle raffole des mots magiques utilisés dans les catalogues des pépiniéristes : « campanules envahissantes » lui procurerait presque un orgasme. Le « jardin anglais » par son aspect ébouriffé et naturel lui paraît le comble du raffinement et du romantisme. Pour découvrir un peu tard que le « naturel » du jardin anglais est le fruit de beaucoup d'attentions et s'obtient à la pince à épiler.

La rêveuse enfin – parce qu'un jour ça finit par pousser dans son jardin – sombre dans la débauche. Ses ambitions deviennent alors démesurées, et elle se donne pour mission d'inventer le croisement du mimosa et du cornichon. Le soir, elle s'endort la bouche ouverte en murmurant des mots qui la ravissent : *mixed borders* par exemple. Qui veut tout simplement dire plates-bandes en fouillis mais qu'elle trouve beaucoup plus « tendance ».

Prise de frénésie, elle entraîne sa famille le samedi après-midi en grande banlieue et erre chez les pépiniéristes pendant que son mari est contraint d'en faire autant dans les magasins de bricolage afin de lui dénicher la serfouette à manche phosphorescent pour biner sous la lune montante.

Mais passez donc nous voir cet été

C'est tentant. D'abord par simple gentillesse et réel désir. Moins louable mais tout aussi vrai : montrer, démontrer l'étendue de votre courage et ses résultats dans votre maison avec laquelle vous gonflez tout le monde depuis des mois, voire des années.

Tentant donc mais surtout risqué. Dans quatre-vingt-quinze pour cent des cas, au mois de septembre, tendez l'oreille et dans les confidences des propriétaires de maison, vous ne recueillerez que des : « L'année prochaine, on change de tactique. On ment, on dit qu'on est complet et on ne voit personne. Ça a été un enfer tout l'été. »

Éliminons la famille et votre progéniture la plus directe (encore qu'avec tous ces remariages, on puisse arriver à transformer une maison d'été toute simple en dortoir de colonie de vacances). Prenons simplement les copains :

• On va en Italie, on ne fera que passer vous faire coucou (mais six jours plus tard, ils n'ont pas retrouvé la sortie du garage) ;

• On vient et on est bricoleur. (Donner des conseils et critiquer est plus facile que de tenir un marteau) ;

• De toute façon, l'été une salade de tomates ça suffit (ceux-là même qui vous nettoient les plats cinq fois par jour, quand ils ne vont pas jusqu'à grappiller dans le goûter des enfants).

Il en est, toutefois, qu'on peut inviter l'été. En voici un échantillonnage.

• Un type qui aime faire la cuisine. Pourquoi pas une femme ? Parce qu'elles la font toute l'année et qu'à moins d'avoir à se repentir et à s'autopersécuter, aucune n'en a envie. Alors qu'un homme devient un quasi-héros s'il sait griller trois brochettes, et faire fondre de la mozzarelle sur deux tomates. Un homme qui cuisine devient quasiment l'animateur du séjour. À condition qu'il fasse les courses et récure derrière lui. Ça existe et en général, ils sont charmants mais très sollicités.

• La personne qui aimerait jardiner mais qui ne l'a jamais fait. Celle qui a de l'expérience a aussi des idées qu'elle veut vous imposer, et vous n'allez quand même pas lui laisser arracher les lavandes que vous avez eu tellement de mal à obtenir sous prétexte qu'elle préfère les isolines grises.

• Un médecin (une simple infirmière peut faire l'affaire) pour soigner les coups de soleil, les brûlures du barbecue, les allergies, et les préménopauses à l'humeur grincheuse.

• Une baby-sitter. À condition qu'il y ait des enfants (un suffit). Autrement ça s'appelle une jeune fille ravissante et ça sème le bordel.

• Un type qui a pour seule spécialisation le fait qu'il possède une voiture, un permis et de l'essence et qu'il est prêt, à toute heure, à assurer les transports à la plage, au marché, en balade.

• Une tête de Turc. Indispensable. Qui ne fait absolument rien et sur qui on peut passer ses nerfs.

Ne jamais inviter (surtout en même temps) :

• Un juste-divorcé qui téléphone toute la journée.

• Une dépressive qui cherche un homme.

• Des enfants sans baby-sitter.

• Un architecte qui a construit treize maisons mais pas la vôtre.

• Un homme qui voudrait divorcer. Tout le monde le sait sauf sa femme qui est là. Il va le lui annoncer pendant le séjour, le soir du bal du 14 Juillet. Ambiance garantie.

• Une femme qui croit avoir « la main verte » parce que chez elle, sur son balcon d'un mètre carré, elle fait pousser un laurier-sauce, du persil plat (personnellement, je n'y suis jamais arrivée, ça doit être pour ça que je la déteste) et de l'herbe à chat.

Comment être sûr de divorcer ou de se fâcher avec sa famille

Au cas où vous auriez envie de divorcer mais que vous vous refusiez à tromper votre conjoint ou à dilapider les biens familiaux – chacune de nos trahisons doit correspondre à un tempérament, par souci de commodité – je vous propose un truc infaillible pour parvenir à vos fins, c'est-à-dire sans le moindre risque de réconciliation : achetez, retapez ou construisez une maison.

Il n'y a même pas de planning à prévoir. Ça se fait pratiquement tout seul.

Imaginez deux personnes qui s'entendent normalement bien, en parfait accord sur l'éducation des enfants, l'existence de Dieu ou non, la manière de gérer leur salaire (ou leur manque de salaire), bref toutes les choses importantes de la vie de couple, placez ce tandem dans la situation d'aménager une maison et vous obtenez forcément des conflits à plus ou moins long terme selon la résistance nerveuse respective des partenaires.

Ainsi, M. et Mme Tronchon ont beaucoup de goûts en commun. Enfin jusqu'à présent. Ce sont des personnes bien élevées et surtout raisonnables.

Prenez ces mêmes personnes et observez-les alors qu'ils ont des décisions à prendre dans leur nouveau logis.

Tenez, voilà une scène anodine qui peut se transformer assez rapidement en pugilat définitif : avant d'entreprendre les travaux, ces deux-là se retrouvent à confronter leurs idées sur des concepts assez peu métaphysiques, j'en conviens. Exemple :

Dans quel sens s'ouvre une porte ? On pousse ou on tire ? Volets roulants ou persiennes ? En bois, en métal ? En PVC ? Un W-C dans la salle de bains ou à part ? Un lavabo ou deux lavabos dans la salle de bains ?

Ce qui donne :

— Deux lavabos ? Mais pour qui tu te prends, on va trouver le fric où ? Je ne suis pas une banque. On n'avait pas prévu de construire un hôtel.

— J'en ai assez d'attendre pour me laver les dents.

— Mais il n'y a pas la place pour deux lavabos.

— Si on supprime ton bidet, c'est possible. Je hais les bidets.

— Dans ma famille, on a toujours eu des bidets.

— Chez nous, il n'y en avait pas, ça nous empêchait pas de nous laver les fesses.

— Et les robinets, tu les mets où ? Sur le côté ? Ça ne ressemble à rien.

— Parce qu'il faut que ça ressemble à quoi ? Qui a inventé qu'il fallait mettre les robinets au milieu ?

— De toute façon, c'est impossible, le plombier te le dira.

— Il est idiot ce plombier.

On passe à la vitesse supérieure.

— C'est toi qui l'as fait venir. Soi-disant qu'il était génial.

— J'ai une copine, c'est son mari qui a installé les robinets.

— T'as qu'à le faire, si t'es si maline. C'est comme « ta » véranda. Tu m'expliques comment tu vas la chauffer en plein hiver...

— Tu veux que je te dise ? Si on ne fait pas « ma » véranda, « ta » baraque, tu te la gardes.

Charmant dialogue. Mais vrai. Et ne me rétorquez pas que chez vous il n'est pas question d'installer deux lavabos ou une véranda.

Certains divorces peuvent démarrer sur le simple choix d'une poignée de porte.

Comment ça une poignée de porte ? Jusqu'à présent vous n'aviez jamais jeté un regard sur cette chose inoffensive. Vous êtes pourtant en possession de l'arme du crime. Faites donc un tour chez le vendeur, le vertige va vous saisir. Béquille ? Rond comme un galet ? Blanc, noir en métal, en porcelaine ? Mat ? Brillant ? Louis XVI ? Contemporain ? Baroque argenté ou baroque doré ? Avouez que vous ne savez même pas – fermez les yeux – à quoi ressemble celui qui ouvre la porte de vos toilettes et que vous manipulez plusieurs fois par jour. Tout simplement parce que vous n'avez jamais été confronté à l'achat de la Poignée de Porte.

Passons à l'électricité. Interrupteur général ? À quelle hauteur ? Individuel ? Au pied ? Éclairage en applique ? au plafond ? halogène, avec variateur ou pas ?

Et pourquoi pas à la bougie ? hurle le mari excédé. Oui, pourquoi pas, répondez-vous, vous qui venez justement de tomber amoureuse d'un lustre à bougies. (À vrai dire, vous l'avez déjà acheté mais vous avez tellement honte que vous l'avez planqué dans le garage.)

Si vous rajoutez à tous ces problèmes : les traites qui tombent, le crédit qui vous poursuit, les devis-surprises, les samedis et dimanches passés à charrier des gravats, l'état de vos lombaires, l'architecte qui a oublié de préciser au chef de chantier qu'un escalier qui ne mène nulle part ne représente pas franchement une économie, faites le compte, vous atteignez votre objectif : un beau divorce garanti. Résultat : vente de maison. Vous vous étiez mariés pour le meilleur et pour le pire. Le pire, c'était le projet d'une maison. Il va falloir la revendre, elle n'est pas terminée et qui a envie d'acheter un taudis ? Bonne chance.

Deuxième cas de figure envisageable : amener sa maîtresse dans la maison (et se faire piquer). Je m'explique.

Le mâle est un individu tête en l'air qui manifeste un esprit assez large sur ce qu'il appelle « des détails ». Il peut lui arriver – l'affaire est d'une banalité affligeante – de copuler occasionnellement et par pragmatisme dans le lit conjugal. Un lit est un lit.

Rappelons aux messieurs distraits que le projet conjugal d'une maison est une affaire sérieuse. Voire sacrée. La femme légitime a toujours tendance à croire que cette maison est la sienne. Que c'est son territoire. Qu'elle s'y est suffisamment investie pour ne pas tolérer qu'une étrangère y circule autrement qu'avec l'intention de passer l'aspirateur.

Très vilain comme histoire. La maîtresse en a assez des chambres d'hôtel et l'idée d'aller faire un petit tour dans les placards de la rivale peut exciter des libidos un peu paresseuses.

Le monsieur distrait embarque donc sa folle maîtresse avec le désir secret de lui montrer combien il est performant aussi en tant que bricoleur. La belle daigne alors jeter un regard de dégoût sur les lieux, inspecte l'armoire à pharmacie, trouve que l'édredon n'est pas du meilleur goût, et propose toute une panoplie d'idées géniales. Elle, elle aurait abattu des murs et aurait repeint l'entrée en rose pompon.

L'homme ne bronche pas. En lui-même, il se demande pour la première fois si cette femme n'est pas encore plus dangereuse que son épouse légitime. Il s'attendait à tomber sous les compliments et des cris d'extase, on remet son œuvre en question. Ne se serait-il pas engouffré dans une sale histoire par simple souci de commodité ? Il commence à se dire que si sa femme apprend son méfait, il risque gros. (Jusque-là, distrait comme il est, il n'y avait pas trop songé.)

Tous deux ont beau repartir en rampant par souci de discrétion, les voisins les ont vus et c'est sûr qu'ils vont informer sa femme qu'une grande blonde bizarre (pourquoi bizarre ? Elle avait des paillettes au bout des seins ou seulement un gros derrière ?) est venue mercredi dernier dans l'après-midi. À cet instant, l'épouse va bien se douter que ce n'est pas la bouchère qui a livré les tranches de jambon. Divorce assuré. Fastoche, non ?

Si vous avez slalomé entre toutes les difficultés, et si vous avez survécu, grâce à votre bonne humeur réciproque et indestructible, votre maison est enfin terminée. Le rêve de votre vie est là. Sous vos yeux. Tout est à sa place, la chambre pour les grands enfants désormais mariés, le bac à sable pour les petits-enfants, la balançoire avec le gazon en dessous. Le bonheur vous guette. Faites gaffe. Ça n'existe pas. Il faudrait une fois pour toutes le savoir.

Gendres et belles-filles viennent passer l'été avec leur progéniture. C'est fou ce que c'est sympathique. Jusqu'au moment où on réalise que les enfants (vos adorables petits-enfants) appartiennent à des tribus différentes et ne sont pas élevés selon les mêmes codes.

Les enfants de votre fils ont le droit de sauter dans la piscine en hurlant et de veiller jusqu'à minuit en galopant autour de la table des « grands » ; ceux de votre fille, curieusement, dînent à heure fixe, ont le droit de dire des gros mots mais se font reprendre quand ils utilisent « des fois » au lieu de « parfois ».

Résultat : chamailleries, petites réflexions acides entre vos propres enfants devenus éducateurs : « Nous, les nôtres sont au lit quoi qu'il arrive à huit heures » et en face, le camp ennemi : « Chez nous pendant les vacances, les enfants sont libres, on ne les voit jamais pendant l'année. »

Grands-parents, attention, on vous demande l'arbitrage. Bien fou celui qui s'y risquerait. N'empêche. Même si on veut calmer le jeu entre les belligérants, il y a un moment où ce climat de tension vous fatigue. Et ça pète. Vos enfants se fâchent entre eux. Ils ne viendront pas l'été prochain. Alors à quoi bon garder cette trop grande maison ? Vous décidez de la vendre. Après tout, vous n'aviez mis que quinze ans à l'installer.

Sans compter que d'été en été, les grands-parents réalisent que de jouer au patron de gîte rural est une activité peu ludique et très fatigante. Ils ont chaque année plus de mal à ramasser avec bonne humeur les serviettes mouillées larguées sur les chaises longues, à faire le ménage derrière tout le monde, et à passer leur retraite à déjeuner à 15 heures, alors qu'ils sont debout depuis 7 heures pour assurer le ravitaillement et nourrir des tablées de dix personnes. Alors, sagement, ceux-là prennent une décision, la bonne.

Ils laissent les clés de leur maison à toute leur petite famille et partent en vacances ailleurs quand les enfants sont là. Où vont-ils se réfugier ? Chez les autres. Leurs amis qui ont des maisons et qui n'ont pas encore décidé d'afficher « complet » pour l'été.

Un vrai cauchemar

« Bâtis ta maison et brûle-la toi-même. »
Marcel SCHWOB

Cette nuit, j'ai fait un rêve étrange. Et atroce.

J'avais épousé Jean-Pierre Raynaud.

M. Raynaud existe. C'est un monsieur séduisant. Normalement, pas de quoi cauchemarder. Le problème, c'est que je l'ai rencontré. Enfin, j'ai croisé ses œuvres dans des expositions et, disons-le carrément, ce monsieur m'a traumatisée.

Jean-Pierre Raynaud est un artiste. Un vrai. Reconnu. Au début de sa carrière, il peint gentiment avec un pinceau, dessine avec un crayon. Parfois même il utilise une gomme. Un artiste convenable.

En 1968, il vient de se marier, il achète un terrain et décide d'y construire sa maison. Une maison comme tout le monde, avec chambre d'enfant, séjour, cuisine et ce qui va avec.

Sa femme, je suppose, est bien aise. Elle vit avec un « artiste » qui n'a rien d'un loufoque. Elle n'a pas uni son destin à un forcené de l'art qui va condamner sa famille à la famine ou se tronçonner l'oreille dans une crise d'incertitude.

Pourtant le couple se sépare. Et à partir de là tout bascule.

Jean-Pierre Raynaud a croisé sa muse. Illumination. Flash. N'imaginez pas l'une de ces créatures qui affolent la libido masculine et leur lyophilisent le cervelet. Non.

Il a tout simplement une fulgurance. Tel E.T. pleurant après sa planète, il répète, d'un air chagrin : « Maison. Maison. »

Comme certains, touchés par la grâce, entrent au couvent, il décide que lui entrera dans sa maison. Et celle-ci sera son œuvre. Son chef-d'œuvre même. Il y mettra le temps qu'il faudra. Ce qui est sûr, c'est qu'elle deviendra son but unique. Et ultime.

Il commence par acheter des portes coupe-feu pour fermer la maison de toutes parts. Son projet : « Disparaître sans laisser de traces, vivre sans aucun rapport avec le monde extérieur. » (On devient plus indulgent pour l'épouse qui l'a plaqué.)

Ce qu'il veut, au départ, c'est un blockhaus. Pour obtenir l'effet escompté, il peint les murs extérieurs en kaki, recouvre le bâtiment d'un filet de camouflage et déroule des barbelés tout autour. Pendant des mois, il réfléchit. Il ne se sent pas suffisamment protégé de l'extérieur. Il envisage d'acheter quelques miradors mais ils se révèlent trop envahissants pour le terrain. (Sûrement son sens des proportions.)

Les voisins s'inquiètent. On les comprend. Mais ils se sont affolés pour rien. Si on laisse Raynaud faire ce qu'il veut, il ne présente aucun danger. Ce n'est pas une personne très dérangeante. Toutefois, comme l'esprit l'humain se montre d'une nature parfois opaque aux choses de l'art, le voisinage se méfie tout de même de l'original qui s'est installé dans le quartier et un car de police tourne régulièrement autour de la maison.

Jusque-là, dans la solitude de son bastion, Jean-Pierre Raynaud ne sait pas bien par quel bout il va attaquer son œuvre. Heureusement, un jour, il a la révélation : « Ma chance c'est d'avoir eu l'intuition et la dimension du carreau et de la proportion des joints. »

Il se met à carreler. À carreler frénétiquement.

Il recouvre murs, sols et plafonds, y compris les meubles. Tout y passe.

J'ai fait le calcul: au cours des quelque vingt années qu'il a passées à carreler, il a utilisé (il a gardé les factures) plus de quatre-vingt mille carreaux de céramique (rien que du blanc).

Arrêtons-nous quelques instants. Parce que c'est là que débute mon cauchemar.

Dans mon rêve, j'ai épousé Jean-Pierre. Il m'inquiète chaque jour un peu plus et malgré mon amour et le respect que je lui porte dans ses aspirations les plus oniriques, le jour où il entreprend de recouvrir mon matelas de carrelage, je m'oppose fermement. Il n'est pas content. Pas content du tout. Il me traite de petite-bourgeoise. Me dit que j'ai un goût de cabinet et qu'il n'a pas l'habitude d'être contrarié. Même si je l'aide à faire les joints, faut pas exagérer. Toutefois, il me promet de me laisser une couette et m'accorde le droit de dormir par terre.

Heureusement pour lui, pour de vrai, M. Raynaud n'a pas eu à ses côtés une femme assez sotte pour freiner son destin d'artiste. En 1974, il lui faut prendre une décision: soit il continue son enfermement, soit il va jusqu'au bout de son œuvre d'art. Ce qu'il va faire jusqu'en 1988, date à laquelle il condamne pour vingt ans l'accès de sa maison à toute autre personne que lui-même. Pourtant, petit à petit, les années passant, sa vision esthétique (et philosophique) change. Peut-être tout simplement son moral est-il meilleur ou qu'il est tombé sur un psy efficace. Il ressent un besoin d'air, va rouvrir des fenêtres, poser des vitraux, et recomposer l'architecture intérieure de la maison en ajoutant une salle de musique et une crypte.

À ce moment précis, dans mon cauchemar, on se chamaille très fort lui et moi, et j'ose lui dire que la crypte ne passera pas et que je préférerais qu'on l'échange contre un dressing-room, sans ça je me tire définitivement de sa fichue baraque. Précisons que dans mon rêve, j'ai un charme fou.

Revenons à la réalité. Finalement agacé (et peut-être enfin soigné), il déclare que sa maison est trop géniale pour être habitée. Il va donc la détruire, la concassant en petits morceaux qu'il vendra lors d'une exposition à Bordeaux. Plus une seule trace de la maison de M. Jean-Pierre Raynaud. Même les artistes aujourd'hui ne travaillent plus pour la postérité.

Dans mon rêve, lors de l'exposition, c'est moi qui suis chargée de faire les petits paquets cadeaux, et j'ai un mal de chien avec ces fichus tas de pierre carrelés. Le ruban ne tient pas autour. Et Jean-Pierre est agacé.

Je me réveille en sueur. Éric dort à côté de moi. Je le secoue. Parce que dans un couple, on nous le répète tous les jours : il faut communiquer.

— Juste une question, chéri. Jure-moi que tu ne revendras jamais la maison, quand elle sera finie, en petits paquets d'un kilo ?

Il se retourne en soupirant. Il n'a pas entendu.

Il rêve.

TABLE

6644

Composition Chesteroc International Graphics
Achevé d'imprimer en France (Manchecourt)
par Maury-Eurolivres
le 4 juin 2003.
Dépôt légal juin 2003. ISBN 2-290-32304-7

Éditions J'ai lu
84, rue de Grenelle, 75007 Paris
Diffusion France et étranger : Flammarion